브레드 위너

피날레 이야기

My Name is Parvana

소녀 파수꾼

데보라 엘리스 지음
권혁정 옮김

나무처럼
Namubooks

차례

1.
소녀 테러리스트

"네 이름이 파바나니?"

거무칙칙한 먼지투성이의 파란색 차도르를 한 여자아이
는 반응하지 않았다. 딱딱한 금속 의자에 꼼짝 않고 앉은
아이의 시선은 바닥에 고정되었다. 차도르로 얼굴 아랫부
분은 가린 채로.

"네 이름이 파바나니?"

여자 통역사는 남자의 질문을 다리어, 파슈토어, 조금 있
다가 우즈베크어로 통역했다.

여자아이는 묵묵부답이다.

"대답하지 않습니다."

"나도 알고 있네, 하사. 다시 물어보게."

통역사는 목을 가다듬고는 다시 세 가지 언어로 물었다.

"네 이름이 파바나니?"

이번 목소리는 아까보다 훨씬 컸다. 마치 여자아이가 반응이 없었던 것이 목소리가 작아서 그랬다는 듯이.

여자아이는 움직이지도, 대답하지도 않았고, 바닥에 신발이 질질 끌린 자국에 시선을 고정하고만 있었다.

어딘지는 모르겠으나 소리가 들려왔다. 벽을 통해 저 멀리서 들리는 뭉개진 소리다. 트럭 엔진 소리, 푹푹 모래 밟는 부츠 소리, 하늘을 나는 제트기 소음, 헬리콥터 날개의 윙윙 소리.

"아마도 귀가 먹었나 봅니다."

"귀머거리가 아니야. 저 앨 봐, 귀머거리 같은가?"

남자가 말했다.

"저는 확실히는 모……"

"귀가 먹었다면 주변을 두리번거렸을 거야. 상황이 어떻게 돌아가는지를 이해하려고 말이야. 쟤가 주변을 돌아보았나? 고개를 든 적이 있었나? 없지. 여기 온 내내 바닥만 보고 있었다고. 고개를 한 번도 든 걸 본 적이 없단 말이야.

내 말이 맞아. 저 앤 귀가 안 먹었어."

"소령님, 하지만 말을 못 하지 않습니까? 한마디도요."

"아마도 소리를 냈을 텐데. 잡혔을 때나 트럭에 태울 때 말이야. 비명이나 고함을 치지는 않았나?"

"아닙니다, 소령님."

"음, 뭘 하고 있었나?"

고개를 숙인 꾀죄죄한 파란색 차도르를 쓴 여자아이는 녹색 군복을 입은 여자가 보고서를 읽을 때 서류가 펄럭이는 소리를 들었다.

"소령님, 보고서에는 가만히 서서 기다리기만 했다고 쓰여 있습니다."

"가만히 서서 기다렸다."

남자는 단어 하나하나를 천천히 말했다. 마치 입안에서 그 단어들을 잘근잘근 씹기라도 하듯이.

"하사, 자네는 저 애를 어떻게 생각하나?"

잠시 침묵이 이어졌다. 파란색 차도르를 쓴 소녀는 여자가 어떤 대답으로 소령을 만족하게 할 것인지를 고민하는 모습을 상상했다.

"소령님, 지금으로선 정보가 충분치 않아서 의견을 낼 수 없습니다."

"저 앤 한마디도 안 하고, 저렇게 서서 체포되기만을 기다리고 있네. 이건 어떤 상황일까?"

남자가 말했다.

"잘 모르겠습니다만 두려운 것 같습니다."

"두려운 모습인가?"

또다시 침묵이 흘렀다.

"아닙니다. 두려워 보이진 않습니다. 하지만 뭔가 문제가 있는 것 같습니다. 좀 모자라서 두려움을 모르는 것 같습니다."

"하사, 난 보안팀에서 일하며 문제점을 찾는 법을 배웠지. 저 아이에겐 문제가 있어. 저 아이에 관한 정보는?"

"거의 없습니다. 학교였던 폐허에서 발견되었습니다. 그곳은 현재 탈레반이 우리를 공격하기 위한 부대 집결지로 사용한다는 낌새가 있습니다. 저 여자아이만 그곳에 있었습니다. 어깨에 다 해진 가방만 메고요. 가방에는 파바나라는 이름이 적힌 노트가 있었습니다. 그것이 저 애 이름을 파바나라고 생각하는 근거입니다."

"가방 좀 보자고."

"분석팀이 가지고 있습니다."

"가서 가져오게. 그들이 상세히 검토할 동안 기다리지 못

하겠네. 주지 않으면 내 명령이라고 하게."

"예, 그러겠습니다."

차도르를 쓴 여자아이는 여자의 군화가 바닥을 가로질러서 사무실을 떠나는 모습을 보았다. 문이 열리자, 밖의 시끄러운 소리가 더 들려왔다. 전화벨 소리, 말소리, 캐비닛을 여닫는 소리.

여자아이는 귀를 쫑긋한 채로 눈은 바닥에 고정했다. 책상 앞의 남자가 뚫어지게 빤히 응시하고 있다. 여자아이는 그를 무시하려고 안간힘을 썼지만 참 고통스러운 일이다. 그래서 예전에 들판을 헤매고 다닐 때 쓰던 방식을 썼다.

속으로 구구단을 암송하는 것이다.

19 곱하기 7은 133. 19 곱하기 8은 152, 19 곱하기 9는 171.

여자의 부츠가 다시 사무실로 들어올 즈음엔 28단까지 외웠다. 아버지의 숄더백이 책상 위에 놓이는 소리가 들렸다.

"한물간 것이군. 자, 안에 뭐가 있나 볼까."

남자는 가방에서 물건을 하나씩 꺼내었다.

"노트 한 권. 여기 뭐라고 쓰여 있는 거지?"

"소령님, '파바나의 것. 아무도 보지 말 것'이라고 쓰여 있습니다.”

“내 십대 딸아이도 이렇게 써 놓던데. 어느 언어인가?”

“다리어입니다. 하지만 이것이 저 아이의 노트인지는 알 수 없습니다. 쓰레기 더미에서 찾았을 수도……”

“펜, 앵무새 죽이기 영문판 한 권. 저런 아이가 이런 미국 고전을 왜 들고 다니지? 이것 봐. 몇 페이지가 찢겼잖아. 꼭 누군가 씹어 먹은 꼴이군! 도대체 왜 이들을 문명화하려고 애써야 하는지 원.”

남자는 앵무새 죽이기 책을 책상에 던졌다.

차도르를 쓴 여자아이는 책을 잡아채어, 그것으로 남자의 머리를 갈기고 싶은 충동을 꾹꾹 눌러 참았다.

노트가 획획 넘어가는 소리가 들려왔다.

“저 앤 누굴까? 뭘 하려던 거였지? 어쩌면 자네 말대로 그냥 쓰레기 더미를 뒤지는 아이일 수도 있어. 그게 맞을 거야. 옷도 먼지투성이고, 발도 더럽고, 거리의 아이처럼 보이잖아. 그 건물에 뭐 가치 있는 거라도 있었나?”

남자가 말했다.

“이런 아이들에겐 모든 것이 다 가치 있습니다, 소령님. 하지만 저 아이가 탐낼 만한 다른 것들이 더 있긴 합니다. 라디오와 일부 주방용품 같은.”

여자가 말했다.

"그러니까 저 아이가 필요한 물건들, 한마디로 팔아먹을 수 있는. 그런데 말이야. 저 애가 쓰레기를 뒤지는 아이라면 쓰레기를 갖고 있어야지. 쓸모없는 노트 쪼가리와 반이나 찢어 먹은 책이 든 해진 옛날 숄더백 대신에 말이야. 거리의 아이 아니야. 내 육감이 맞아. 뭔가를 하려고 했어. 다시 처음부터 시작해야겠어. 저 애를 독방에 가둬."

남자의 말에 여자아이는 공포로 온몸이 벌벌 떨렸다.

"문제가 있습니다. 남자 독방만 있습니다."

"여자 독방이 없다고?"

"이제껏 필요가 없었습니다."

"음, 이제 필요하군. 저 애가 갈 데가 없다……."

또다시 침묵이 이어졌다. 펜의 톡톡 소리가 다시 시작되었다.

"군 내 교도소는 어떤가?"

잠시 뒤 남자가 물었다.

"군 교도소 말입니까? 거긴 군인용입니다."

"군 교도소 독방이 있지 않은가? 거긴 안전하겠지?"

"그렇습니다. 하지만……"

"하지만 뭐?"

"군 교도소 독방은 아프간 죄수용 방보다는 훨씬 좋습니다."

"이 얘가 무지하게 운이 좋은가 보군."

남자는 전화를 들어 번호를 꾹꾹 눌렀다.

의자에 앉은 여자아이는 다시 구구단을 시도했다. 침착할 필요가 있었다. 겁을 집어먹었다는 것을 들키지 않으려면.

남자는 전화를 끊었다.

"됐네. 가두게. 쟤가 말하지 않으면 아무것도 알아낼 수 없으니 말을 시키게. 계속해서 이름을 물어보도록. 되풀이해서 말할 때까지 말일세. 진저리가 나서 얘기할 때까지. 이상이다."

"알겠습니다, 소령님."

여자는 여자아이의 팔을 잡고 사무실을 나갔다. 여자아이는 넓은 마당으로 이끌리어 일렬로 선 탱크와 무장한 장갑차를 지났으며, 점평잭하는 한 무리의 군인들을 지나쳤고, 회색 금속 건물 몇 채를 지나쳤다. 몇 걸음 더 가서 어느 건물로 들어가 길고 긴 복도로 걸어갔다. 두 사람은 일렬로 쭉 늘어선 회색 문들 앞에 멈추어 섰다.

자물쇠가 돌아가는 소리가 들렸고, 문이 열렸다. 여자아이는 등이 밀려, 감방 안으로 들어섰고, 뒤에서 쾅 하고 문이 닫혔다.

"넌 여기 꽤 오래 있어야 할 거야."

여자가 부드럽게 말했다.

"말해봐. 네 이름이 파바나니?"

여자아이는 여전히 문을 등진 채로 그대로 서 있었다.

침묵이 이어졌다.

잠시 뒤 복도를 걸어나가는 여자의 부츠 소리가 들려왔다. 여자아이는 가만히 서서 부츠가 되돌아오는지를 확인하려고 귀 기울였다.

혼자라고 확신한 꾀죄죄한 파란색 차도르를 한 여자아이는 마침내 입을 열어 속삭였다.

"맞아. 내 이름이 파바나야."

2.
독방의 즐거움

파바나는 작은 방을 둘러보았다.

나쁘진 않았다. 깔끔하고 얇은 매트리스가 놓인 좁은 금속 침대가 있다. 침대 한쪽 끄트머리엔 회색 담요가 개켜져 있다.

벽은 매끄러운 회색 금속이다. 파바나의 두 눈은 벽을 따라간다. 침대 옆 바닥 근처에 작은 스티커가 붙어 있다. 자세히 읽으려고 무릎을 꿇었다.

포트-A-프리즌, 감금에 필요한 창조적인 구금 전문업체 감옥은 영어로 미국 인디애나 포트웨인에서 지은 것이라고 적혀 있다. 그들은 분명히 이 감옥을 마분지 박스처럼 포개 접어 포장해, 큰 비행기에 싣고, 아프간에 와서 이 먼지 더미에 펼쳐놨을 것이다.

상표에는 검시관 247이 점검했다고 나와 있다. 감방이 여기 온 걸 보면 검시관 247은 모든 것이 정상이라고 판단했나 보다.

파바나는 검시관 247에 관해 호기심이 발동했다. 남자일까? 여자일까? 그는 자신이 검사한 회색 벽에 누가 감금될지를 생각해봤을까? 그는 밤이 되어 집으로 돌아갈 가족이 있을까? 그의 가족은 모두 그대로 있겠지? 총에 맞지도, 지뢰를 밟지도, 삶이 너무 힘겨워서 살아남지 못하지 않았을 테지. 그는 어릴 때부터 이동용 교도소 감시관이 되는 게 꿈이었을까?

그는 이렇게 말했을 것이다.

"이 감옥은 좋은데, 통과." 아니면 "이 감옥엔 결함이 있어. 공장으로 반품해."

방 끝에는 화장실이 있다. 세면대까지 갖춘. 부드럽게 수도꼭지를 돌려보았다.

물이 흘러나왔다. 흐르는 물이다. 흐르는 물에 손가락 끝을 대보았다.

세면대 위에 물을 낭비하면 처벌 대상이 된다는 글귀가 눈에 들어왔다. 재빠르게 수도를 잠그고는 부츠가 복도에서 오기를 기다렸다. 아무도 오지 않았다.

"나한테 뭘 더 어떻게 하겠어?"

파바나는 속삭이며 다시 수도로 가서 세수를 했다. 세수를 마치자, 얼른 물을 잠갔다. 처벌받을 것이 두려워서가 아니라, 이곳은 물 부족 지역이기에. 물은 낭비해서는 안 된다. 이 감옥이 미국에서 왔다고는 해도 물은 아프간 것이다. 우리의 것이란 말이다.

침대가 유혹의 손길을 내밀었다. 이건 네 것이니 와서 편히 누우라고, 쉬라고 손짓했다. 하지만 아직은 잘 수 없다. 무슨 일이 일어나고 있는지를 알 때까지는.

파바나는 한참을 문가에 서서 눈을 크게 뜨고 밖을 살필 구멍을 찾았지만 헛수고였고, 결국엔 침대 가장자리에 걸터앉았다. 상황에 따라 언제든지 발딱 일어날 준비를 한 채로.

지치고 두려운 가운데도 자기 방을 가져 본 것이 처음이라는 생각이 들었다. 그러니 가능하면 즐기고 싶었다. 만약 이 방을 디자인하라고 의뢰를 받는다면, 그러니까 검시관

247이 의견을 구한다면, 색깔을 좀 넣고 싶다. 파란색, 밝은 파란색으로. 구름이 산에서 몰려오기 전, 빛나는 겨울 아침의 하늘색 말이다. 그리고 군데군데 빨간색을 넣을 것이다. 예전에 생계를 위해 팔아야 했던 아주 예쁜 빨간색 샬와르 카미즈와 같은 색으로.

몇 년 전 일이지만 카불시장에서 멀어져 가던 그 옷을 생생히 기억한다. 칙칙한 시장에서 유난히 빛나던 밝은 색깔의 옷. 어린 시절의 마지막 호사로움이 낯선 이에게 팔려 멀어져갔었다.

침대는 벽에 세울 수 있게 디자인해야지. 방에서 걷기도 하고, 춤도 추고, 운동도 할 수 있도록. 당연히 창문은 전 창으로 낼 것이다. 과수원과 강이 보일 수 있도록. 언제든지 창문을 열고 나갈 수 있게. 그러려면 감방은 아니어야 한다.

침대가 좀 익숙해지자, 턱이 가슴으로 떨어지기 시작했다. 순간 파바나는 경련을 일으키며 벌떡 일어섰다. 발을 구르며 잠에서 깨어나려고 애썼다.

깨어 있어야 한다. 어떤 일이 벌어질지 모르는데, 경계하고 있어야 하지 않는가.

모든 사람이 다 알고 있다. 주변에서 이런 감방 벽 뒤로 사라진 한두 사람은 다 알고 있다. 가끔 그들은 화가 나서 복수를 맹세하기도, 가끔은 벌벌 떨면서 구석으로 도망치기도 한다. 모든 사람이 이런 일을 알고 있다. 이것은 누구나 아는 비밀이다.

감옥 벽 뒤에서는 나쁜 일만 일어난다. 고문 상처와 고문 자국을 본 적이 있다. 매일 난민촌으로 물건을 팔려고 수레를 끌고 오는 행상인이 손님들에게 자신의 상처를 보이며 울부짖었다.

"이것은 탈레반 짓이 아니라, 그들에게서 우리를 구하겠다는 사람들이 한 짓이라고요."

파바나는 그의 이야기를 세 번이나 들었다. 그는 고문당한 손목과 발목을 계속해서 보였다.

"나는 그냥 행상인이라고요. 그저 수레나 끄는. 구두끈을 사는 사람들의 속마음이 어떤지는 모르죠. 비누를 사는 손님에게 그 사람이 악마인지 아닌지는 물어보지 않아요. 그들이 왜 나를 체포합니까? 왜 나를 고문하느냐고요?"

처음 그 얘기를 들었을 때 호기심과 충격, 연민이 느껴졌다. 그 노인을 돕고 싶었고, 물건을 사주고 싶었지만 돈이 없었다. 그래서 그의 이야기를 들어주었다. 그가 지쳐서 수레를 끌고 갈 때까지.

두 번째로 그의 이야기를 들었을 때만 해도 슬프고 동정이 갔다. 하지만 일도 안 하고 서서 얘기만 듣는다고 엄마에게 심한 꾸중을 들을 것 같았다. 그래서 남자의 얘기를 끊고 정중하게 물러날 시점을 찾고 있었지만 그 시점은 찾을 수 없었다. 남자는 얘기하고 또 얘기하고, 상처를 보여주고, 고통을 설명하며 끊임없이 물었다.

"왜 나한테 이런 일이 일어난 거지? 난 아무것도 아니야. 왜 아무도 아닌 사람한테 이런 짓을 한 거지?"

파바나는 점점 초조해졌다. 자신은 답을 할 수도, 그를 도울 수도 없었다. 마침내 파바나는 하늘을 향해 소리 지르는 그를 남겨 두고, 뒤로 물러서서 집으로 갔다.

세 번째에는 그를 모른 척했다. 수레에서 차와 실을 고르고는, 바닥을 보며 아무 말 없이 돈을 지불했다. 파바나는 그를 떠나오면서 외로움을 느꼈고, 다시는 그 일을 입에 올리지 않았다.

그 행상인처럼 되고 싶지는 않았다. 복수를 위해서 끝없이 화내고, 으르렁거리고 싶지는 않았다. 어쨌든 누구한테 복수한단 말인가? 만족할만한 복수를 하려면 시간을 얼마나 거슬러 올라가야 한단 말인가? 아프간 같은 나라에서 복수라는 말이 진정으로 의미가 있는 단어일까?

의구심이 일었다.

복수를 향한 외침은 시간 낭비일 뿐이다. 이미 많은 시간을 허비하지 않았는가.

파바나는 감방의 벽 뒤에 마음을 잃고 싶지 않았다. 아프간 사람들은 이미 수많은 마음을 잃었다. 그런 마음은, 외로이 흐느끼는 마음이 텅 빈 사람들을 먼지 속에 남겨 놓은 채 허공의 보이지 않는 풍선처럼 떠다닌다.

어떻게 이곳에서 나가지?

언젠가는 내보내 주겠지?

그럴 가능성이 있다고 생각하고 싶다.

이제껏 경험으로 한 가지만은 확실하다.

저들은 믿을 수 없다.

믿을 수 있는 사람은 오직 자신뿐이다.

3.
그리움이 사무치다

어두워지니, 그들이 왔다.

파바나는 각오하고 있었다.

침대 프레임에 걸터앉아 있으니, 허벅지 뒤쪽이 눌려 고통스러웠다. 이런 자극은 잠들지 않고 깨어 있는 데 도움이 되었지만 다리 신경이 눌려서 감각이 없어졌다. 옆구리에 총을 찬 남자들과 함께 여군 두 명이 불쑥 감방으로 들어와서는, 각자 파바나의 팔을 움켜잡고, 다리에 쇠줄을 채웠다.

"일어서!"

남자 한 명이 명령했다.

파바나는 영어를 알아듣지 못한 척했다. 어차피 중요하진 않았다. 이미 두 다리는 무감각해져 있어서.

두 남자가 동시에 파바나를 잡고 있던 손을 푼 것을 보면 무언의 신호가 둘 사이에 오간 것이 분명했다. 파바나는 쌀 자루처럼 바닥에 폭 주저앉았다.

"일어서!"

파바나는 바닥에서 꼼짝도 하지 않았다.

난 협조하지 않을 테야, 라고 생각했다.

바닥도 나쁘지 않았다. 거친 바닥에서도 아주 잘 자지 않았는가.

파바나는 다시 일으켜졌고, 질질 끌려갔다.

그 와중에 차도르가 벗겨졌다. 이젠 얼굴을 숨길 방법이 없었다. 아무리 저들에게 얼굴을 숨기고 싶다 해도. 아까 그 작은 사무실로 강제로 끌려와, 같은 딱딱한 의자에 털썩 앉혀졌고, 부츠와 다리들, 몸통들에 둘러싸였다.

19 곱하기 7은……

불안한 나머지 답이 나오질 않았다. 좀 더 쉬운 것으로, 2 곱하기 2는 4. 2 곱하기 3은 6, 2 곱하기 4는 8.

파바나는 구구단을 외우며 숨을 가다듬었다. 정신을 차려야 했다.

"꼬맹이 하나 다루는데, 끔찍이도 사람이 많네."

처음에 심문한 남자의 목소리가 들렸다.

"자네들은 나가게."

"네, 소령님."

파바나는 부츠들이 방 밖으로 행진하는 것을 지켜보았다. 갑자기 예전에 아이들한테 가르쳤던 숫자놀이 노래가 생각났다. 참 좋은 노래지. 계산과 영어를 동시에 배울 수 있었으니까.

개미들이 둘씩 둘씩 행진을 한다.

만세! 만세!

파바나는 웃지 않으려고 꾹 참았다. 차도르도 없는데.

"얼굴을 보이기로 했나 보군그래."

남자가 혼자서 중얼거렸다.

"우리가 너희 나라에 손님으로 있는 이상 너희 문화를 존중하고 싶어. 하지만 얼굴도 보이지 않는 사람에게 말을 거는 건 끔찍한 일이지."

발과 다리가 다시 따끔따끔 아프기 시작했다. 기쁘진 않았지만 환영할만한 일이다. 뭔가에 집중할 일이 생겼으니.

통역이 들어왔다.

"복도에서 이걸 주웠습니다."

파바나는 바닥에 질질 끌리는 자신의 차도르 끝자락을 보았다.

"돌려주어도 되겠습니까?"

"다시 얼굴을 가리고 싶니?"

남자가 물었다.

그 말은 다리어와 파슈토어, 우즈베크어로 통역되었다. 파바나는 다리의 고통에 정신을 집중했다.

"없어도 괜찮은가 보네. 원한다면 달라고 하라고 해. 그 대가로 이름을 말하라고."

여자는 남자의 말을 통역했다.

"그러니까 넌 다리어를 할 수 있지? 이 노트에 사용한 언어가 다리어야. 그래서 우린 다리어를 사용할 거야. 하사, 지금 내 말을 세 가지 언어로 통역해. 그리고 말해. 이번이 마지막 기회라고. 다리어를 모른다면 지금 알려줘야 한다고. 우린 생각할 긴 시간을 주었으니, 지금쯤은 뭔가를 말해야 하지 않느냐고. 난 이렇게 고양이처럼 살금살금 걷는 애매한 상황에 진절머리가 난다고."

남자가 말했다.

통역은 '고양이처럼 살금살금 걷는 애매한 상황'이라는 문구에서 그만 발부리가 걸렸다. 마침내 그녀는 '고양이의 발이 지쳐가고 있다'라고 통역했다. 파바나는 여자 부츠를 보고는, 웃음을 꾹 참고, 다시 구구단에 집중했다.

갑자기 '쾅' 소리가 들렸다. 파바나는 의자로 폴짝 뛰어올랐다.

"음, 들을 순 있네."

남자는 바닥에 떨어뜨린 두꺼운 책을 집어 들었다.

"귀머거리는 아니군. 단지 말을 안 할 뿐."

남자가 말하면 여자는 통역을 했다. 파바나는 여자의 목소리를 차단하며 남자의 목소리에 집중했다. 여자의 통역 실력은 그다지 좋지 않았다. 남자의 말을 이해하려고 집중하자, 마음이 차분해졌다.

"왜 말을 안 하려는 거야? 이게 가장 궁금한 우리의 첫 번째 질문이야. 왜 말을 안 하는 거지? 네가 무식한 나라의 애이기 때문이니? 투옥된 것조차도 항변할 수 없을 정도로 무식한 거니? 아니면 걱정되는 것이 있어서? 네 이름이 파바나니?"

다시 이름을 언급하는 질문이 빠르게 던져졌다. 파바나는 무방비 상태여서 거의 대답할 뻔했다. 가까스로 혀에 힘을 주었다.

"꼬마 아가씨, 너 때문에 시간만 쓰고 있잖아. 말을 좀 해 봐. 이젠 꼬마 아가씨도 아닌 것 같은데. 하사, 이 애가 몇 살로 보이나? 열다섯 살?"

"그 이상은 안 보입니다, 소령님."

"이 나라에선 여자들이 빨리 나이 들지. 스무 살짜리가 마흔으로 보이고, 마흔은 육십으로 보이지. 평균 여자 수명이 마흔여섯 살이야. 이 사실 알았나, 하사? 마흔여섯 살이라고."

불쌍한 하사는 지금 통역을 해야 하는지, 아니면 소령과 대화를 해야 하는지를 분간하질 못했다. 여자는 모든 것을 통역했다. 남자가 말한 즉시 여자는 다리어로 통역했다. 파바나는 이런 상황에 두통이 생겼다.

"이 노트에 다른 이름도 있나, 하사?"

남자가 물었다.

"네, 리스트를 만들었습니다."

"어디 줘봐."

종이가 미끄러지는 소리가 들렸다.

"그럼 네 이름이 샤우지아니?"

파바나는 억지로 시선을 바닥에 두었다. 친구가 떠올랐

다. 발이 빠르며 결단력이 있고, 머리를 짧게 잘라서 뒤로 넘기고는, 차 쟁반을 들고 시장을 누비던 친구의 얼굴이. 돈을 셀 때 집중하면서 웃고, 울고, 화내던, 침착하게 꿈꾸듯이 프랑스로 갈 계획을 말하던 그리운 친구.

하지만 파바나는 숨을 얕게 쉬면서 모든 환영을 치웠다.

"그럼 네 이름이 노리아니?"

아름다운 긴 머리카락을 가진 큰언니 노리아는 으스대며 자기 확신이 크지. 노리아는 여기 와서도 너희 대장 노릇 하려고 할 거야.

"네 이름이 마르얌이니?"

여동생 마르얌은 밝고 영리하다. 하지만 속이 좀 터지지.

"네 이름이 레이라니?"

흘릴 눈물이 없어서 다행이다.

지뢰밭에서 죽은 레이라, 하지만 반응하지 않았다, 나는 돌로 변하는 중이야, 나는 돌이 되려고 여기 있는 거야, 라고 파바나는 생각했다.

"네 이름이 아시프니?"

"소령님, 아시프는 남자 이름입니다."

"그래? 좋아. 그럼 네 이름이 하산이니?"

"역시 남자 이름입니다, 소령님."

"그럼 알리는?"

"그것도 남자 이름입니다."

"여자 이름도 있어. 러브 스토리의 알리 맥그로, 못 들어 봤나? 스티브 맥퀸의 걸프렌드 말이야? 자네 옛날 영화는 안 보나?"

"소령님, 아프가니스탄에서 알리는 남자 이름에만 씁니다."

"음, 어쨌든 물어보게. 닉네임으로 사용했을지도 모르니."

"네 이름이 알리니?"

통역이 물었다.

그만 좀 닥쳤으면 좋겠다고 생각했다. 자신이 대답하지 않을 거라는 걸 좀 받아들일 수 없을까? 그냥 좀 내버려 두면 안 될까? 숄더백도 되돌려 주고.

"남은 이름이 더 없나?"

"딱 하나 남았습니다. 하지만 이건 아닐 거라고 생각합니다."

"어쨌든 물어보게. 반응이라도 보게."

"네 이름이 위라 아줌마니?"

웃음을 참느라고 죽을 뻔했다.

난 위라 아줌마가 아니야. 너희는 내가 아줌마가 아닌 걸

천만다행인 줄 알아야 해, 라고 생각했다.

한참 후 남자가 말했다.

"저 의자 치워 버려."

파바나는 일으켜졌다.

그리고 일어섰고, 꾹 참았다.

4.
레이라의 희망 학교

땡볕에 서서 정부 관리의 연설을 듣고 있다.

"새 학교의 개교는 우리 모두에게 거대한 시작입니다. 우리가 했던 힘겨운 일이 영광스러운 업적으로 다가왔습니다."

정부 관리가 말했다.

우리가 했던 힘든 일이라고? 저 남자를 한 번도 본 적 없는데, 하지도 않은 일을 했다며 명예를 가로채고 있다.

우리 가족이 한 일이야. 열성적인 우리 가족이.

이 건물을 찾아낸 사람은 바로 파바나다. 난민촌 시절, 답답한 마음에 잠시 난민촌을 탈출했다가 이 건물을 발견했다. 이 건물을 인수하기로 한 사람은 엄마였고, 지역 관료들과 군대가 동원되어 한바탕 큰 소동이 일었고, 그들은 엄마를 잠재우려고 파괴된 건물을 엄마에게 주었다. 노리아도 단체들과 접촉해서 그 파편 더미 건물을 학교로 변신시키는 데 일조했다.

아시프는 낡은 물 펌프를 고쳤고, 고장 난 발전기를 수리했다. 심지어 마르얌도 청소를 도왔고, 하산은 물건 정리를 도왔다. 식구들의 많은 도움으로 이 장소가 탄생한 것이다.

정부 관리는 손가락 하나 까딱하지 않았다.

엄마도 열 받았을 게 뻔해, 라고 생각하며 등을 똑바로 펴고 고개를 꼿꼿이 세운 키가 훤칠한 엄마를 쳐다보았다. 엄마는 기부금을 낸 군인들과 외국인들과 함께 단상에 앉아 있었다.

관리에게 화가 났다면 엄마는 표정을 숨길 수 없을 것이다. 그런데 엄마는 행복해 보였고, 오히려 학생들이 예의를 다하지 않을까 봐 좀 예민한 것 같았다.

노리아는 분명히 안달복달이 났을 것이다. 항상 모든 일에 심술쟁이니까.

파바나는 연단을 바라보았다. 그곳에는 노리아가 교사들

과 앉아 있다. 교사임을 뜻하는 진한 파란색 차도르를 하고
는. 그들은 모두 교사 속성 과정을 밟은 젊은 여성들이다.
노리아도 행복해 보였고, 화나 보이지는 않았다.

당연히 행복하겠지. 이제부터 마르얌과 나 말고도, 한 반
의 대장 노릇을 할 테니까. 라고 파바나는 생각했다.

마르얌은 맨 앞줄, 파바나 바로 앞에 서 있다. 파바나와
마르얌은 학생 신분의 흰색 차도르를 쓰고 있다.

마르얌은 몸을 꼬고 난리가 났다. 채 20분을 못 앉아 있
는 마르얌은 항상 라디오를 들으며 음악 리듬에 맞추어 몸
을 들썩들썩한다. 엄마가 말하기를, 자신과는 완전히 딴판
이라고 했다. 파바나는 마르얌이 내면의 열정이 많기 때문
이라고 생각했다. 탈레반 통치 시절에 작은 방에서 살 때는
발현되지 않았던 끼였다.

파바나의 시선이 다른 학교 교사들과 함께 앉아 있는 아
시프에게로 향했다. 그는 어처구니없는 연설을 진짜로 듣
고 있었다. 이제 아시프는 4년 전 작고 컴컴한 동굴에서 만
난 화가 치민 소년이 아니다. 오늘 그는 멋진 새하얀 샬와
르 카미즈를 입고 있고, 양쪽 귀 주변엔 까만 머리카락이
반짝반짝 빛이 나며 곱실거렸다. 한 시절 굶주림에 공허했
던 그의 눈은 생기로 넘쳐났다.

아시프의 무릎에는 하산이 앉아 있다. 하산은 제법 많이 자라서 유치원에 갈 나이가 되었다. 아시프는 하산한테는 늘 친절하다.

학교의 직원은 두 명 더 있다. 학교 경비를 맡은 파히르 아저씨와 요리를 담당한 자허 아줌마.

이런 생각을 하는 사이 화는 저절로 사그라졌다. 박수 소리에 생각에서 깨어났다. 정부 관리가 연설을 끝마쳤고, 새 학교의 교장인 엄마가 앞으로 나갔다. 정부 관리와 엄마는 학교 이름이 적힌 현판의 베일을 벗겼다.

'레이라의 희망 학교'

파바나는 두 눈에 고인 눈물을 없애려고 눈을 깜빡였다. 상상력이 풍부했던 레이라의 이름을 따서 학교 이름을 짓자고 한 건 파바나의 아이디어였고, 아시프와 함께 운동장에 꽃을 심어 레이라를 기리기로 했다.

그 순간 마르얌이 두 발짝 앞으로 나가더니, 아프간 국가를 맑고 진실하게 불렀다. 마치 자기 나라보다 더 자신의 노래 실력에 자부심이 있다는 듯이. 하지만 뭐 어떠랴? 마르얌은 자신의 목소리를 뽐낼 만도 하다.

마르얌은 강력한 인상을 남기며 국가를 마쳤고, 박수갈채가 이어졌고, 사진사가 마르얌을 찍었다. 이것으로 의식의

공식 과정은 끝났다.

차가 준비되는 동안 파바나는 학부모들에게 학교를 안내했다.

"여기는 유치원 교실이에요."

파바나는 화사한 여러 가지 색깔로 칠해진 조그만 문을 열면서 말했다. 바닥에는 매트가 깔렸고, 측면을 따라 장난감이 몇 개 놓여 있다.

"여섯 살까지는 이 교실을 쓰게 돼요. 아이들은 노래를 배우고, 손 씻는 법도 배우고, 기본적인 계산도 배우고, 이름 쓰기 등과 같은 것을 배울 거예요."

"기도하는 법도 배우니?"

학부모 중 뒤에 선 남자가 물었다.

"아, 네. 배우게 될 거예요."

파바나는 갑작스러운 질문에 당황해서 매끄럽게 대답하진 못했다.

"아이들은 하루에 세끼 먹게 될 거예요. 학교 식당에서 준비하는……"

"그럼 누가 기도를 가르칠 거니?"

아까 질문한 남자가 다시 물었다.

"훌륭한 선생님들이 있어요."

"여자지! 여자가 기도를 가르칠 거니?"

"어……예배를 관장하는 이맘을 초빙할 거예요."

파바나는 이렇게 대답했지만 마음이 상했다. 여자 선생님들이 잘 가르치지 못할 거라는 그 남자 말에 동의한 것 같은 느낌이 들어서.

"또 응급처치와 간단한 치료법도 가르칠 거예요. 전문 의료인이 와서요. 목표는 여자아이들이 졸업할 때까지 기본적인 의료 치료를 마치는 거예요. 그렇게 되면 직업을 구해서 가족과 마을에 도움이 될 테니까요."

그들은 다른 교실로 이동했다.

"여긴 1학년에서 3학년 교실이에요."

노리아가 맡을 반이다. 학생들이 둘러앉을 널찍한 테이블 세 개가 놓여 있다. 게임이나 운동, 이야기 시간에는 이 테이블들을 옆으로 밀 수 있다.

"이 반에서는 읽기와 쓰기, 그리고 간단한 산수를 배우게 될 거예요. 또 아프간의 동식물, 지역 이름에 대해서도 배우고, 좋은 시민이 되는 법도 배우게 될 거예요."

파바나는 학교 일 전반에 관해서 거의 알고 있었다. 노리아가 사소한 것까지 모두 알려주었기 때문이다. 노리아는

책이란 책은 샅샅이 뒤져서 교육에 관해 공부했고, 엄마와
도 오랫동안 토론했었다.

"우린 처음부터 시작할 거야. 이전 교육은 다 쓸모없어.
모두 전쟁을 일으켜서 힘겨운 세월을 보내게 하는 것들뿐
이니까. 새로운 시스템을 만들어서 새로운 아프간 아이들
을 길러낼 거야. 우리나라를 재건할 수 있는 높은 가망성과
확신이 있는 그런 아이들을."

노리아는 툭하면 이렇게 말했었다.

파바나는 노리아가 밉살스러웠지만 약간의 안도감도 있
었다. 모든 것이 빠르게 산산이 부서지는 세상에서 노리아
의 대장 노릇은 어느 정도 위안을 주었다.

"복도 오른쪽으로 내려가면 중학년 교실이에요."

그들은 4, 5, 6학년 교실로 들어갔다.

"학년이라는 말을 쓰긴 하지만 실제로는 비슷한 또래 그
룹이에요. 다들 오랫동안 학교에 다니지 못했으니, 어느 학
년이나 거의 처음부터 시작해요."

다음은 식당으로 안내했다. 이곳은 도서실을 겸하고 있어
서 책꽂이가 몇 개 있었다. 여기서는 파바나와 그 또래 아
이들이 공부할 예정이다. 이 반은 특수반으로, 교육 수준이
좀 높았다. 이 반 아이들 몇 명은 저학년에 갈 나이인데, 또

래 아이들보다 아는 것이 많았기에 이 반에 온 것이다.

"저 책들은 뭐야?"

같은 남자가 다시 불평을 시작했다. 그는 영어 알파벳을 배우는 동물 그림책 알파비스츠 한 권을 집어 들었다.

"아직 책이 많진 않아요. 기증을 받으려고요. 여기 있는 책은 대부분 외국책이에요."

파바나는 군대 트럭이 캐나다에서 기증한 책 상자를 싣고 왔을 때 느낀 흥분을 떠올렸다. 파바나가 가장 좋아하는 책은 미국 시집이다. 설령 시 속에 담긴 뜻은 이해할 수 없다손 치더라도 시의 단순한 언어는 이해할 수 있어서였다. 그리고 시가 짧은 것도 마음에 든다. 파바나는 작은 도서관 설치를 도왔고, 마치 값비싼 자기를 만들기라도 하듯이 책장에 책을 하나하나씩 꽂았다.

"우리도 우리말로 된 책을 갖게 되면 좋겠어요."

"이 그림들 좀 봐! 꼴불견이군!"

남자는 책에서 알파벳 M을 설명하기 위해서 그려놓은 Mandrill(개코원숭이)이 있는 페이지를 펼쳤다. 원숭이가 전화 오기를 기다리는 그림이다. 파바나가 좋아하는 그림 중 하나다.

"어떤 책이든 책이 있다는 건 행운이죠."

한 사람이 그로부터 책을 뺏으면서 말했다.

"나는 학교라는 데를 가본 적이 없습니다. 그런데 지금 내 딸이 이렇게 좋은 곳엘 다니게 되었어요. 나는 딸아이에게 이 책을 보라고 권할 겁니다. 이 책은 딸아이를 웃게 해 줄 거고, 나는 딸아이가 웃기를 바랍니다."

그는 책을 조심스럽게 책장에 꽂았다.

안내는 계속되었다. 이번에는 주방을 보여주고는, 학생들이 돌아가면서 식사 준비를 하고, 학교를 청소할 것이라고 설명했다.

"그리고 여긴 업적의 벽입니다."

이것은 순전히 파바나의 아이디어였는데, 식당의 커다란 민짜 벽을 활용하여, 그 벽에 아프간 여성들의 활약상과 사진을 붙였다. 파바나가 전적으로 이 벽의 책임을 맡았고, 아침마다 신문을 자세히 검토해서 과학경시 대회에서 우승한 여자아이들 이야기나 경찰 무력에 대항한 여성들 이야기를 스크랩했다. 또 여성의 권리 보호를 위해서 제정한 새 헌법 몇몇 구절을 인용하기도 했다.

벽 중앙에는 위라 아줌마의 사진과 기사가 붙어 있다. 카불에서 알았던 아줌마는 새 아프간 의회에 선출되었다.

"수업이 시작되면 여자아이들의 잘 쓴 글씨나 잘 그린 지도, 만점 수학시험지 등을 붙일 거예요. 열심히 해서 좋은 결과를 얻은 거면 무엇이든지요."

파바나가 학부모들에게 말했다.

"자긍심만 부추기는 거 아니야?"

불평하던 남자가 물었다.

"네. 그러려고요."

파바나가 말했다.

다음은 운동장이다.

"적어도 하루에 한 시간씩은 운동할 거예요. 휴식과 게임은 별도고요. 야구와 배구, 축구도 할 겁니다. 축구를 하기엔 운동장이 너무 작지만요. 저학년은 뛰는 게임을 많이 할 겁니다."

"여자아이들은 그런 운동하면 안 돼. 품위 없는 짓이라고. 그런 운동은 금지야."

또 그 남자다.

파바나는 운동장을 가로질러서 뒤편의 작업장으로 안내했다.

아시프의 영역이다.

아시프는 작업장에 앉아서 기증받은 오래된 연장들을 다

듣고 있었다. 그는 평상복으로 갈아입고, 그 위에 작업용 앞치마를 걸치고 있었다. 학부모들이 등장하자, 아시프는 목발을 잡고 존경을 표하며 일어섰다.

"아시프에요. 목공 일과 기계, 자동차 수리 등 모든 기계는 다 가르쳐요."

불평하던 남자가 이런 것들은 여자아이들이 공부하기엔 적당하지 않다며 폭언을 하기 시작했다. 하지만 아시프는 정중하게 말을 끊었다.

"아마도 아버님 딸은 다른 학교에 보내는 것이 더 좋을 듯합니다만."

"내 딸은 학교에 절대로 안 보내! 그 애가 있을 곳은 집이야."

남자가 외쳤다.

"오늘은 학부모님들을 위한 날입니다. 나가는 길을 알려드릴까요?"

아시프가 말했다.

남자는 아시프를 오랫동안 노려보더니, 성질을 내며 작업장을 휙 나가버렸다.

아시프는 마치 아무 일도 없다는 듯이 계속했다.

"우리는 마을 사람들을 위해서 작은 수선 정도를 해주려고 합니다. 학생들에게 직업 체험 기회를 주고, 마을에 이렇게 학교를 열 수 있게 해준 것에 대한 보답으로요."

아시프는 말을 마쳤고, 파바나는 학부모들을 밭으로 인도했다. 이곳은 이미 파바나가 한참을 땅을 파서 밭을 일구어 놓았다. 그리고 화장실도 만들었다. 백색 도료를 발라서 아주 청결했다. 변기를 파는 데만도 몇 시간이나 걸렸다. 파리가 꼬이지 않고, 냄새도 덜 나게 하려고 꽤 깊게 팠다.

파바나는 케이크 서빙 시간에 맞추어 손님들을 접대실로 안내했다.

외국인 손님 중에는 프랑스 자선단체 대리인도 있었다. 파바나는 디저트 접시를 그에게 주고, 그가 정부 관료와의 대화를 마치기를 인내심을 가지고 기다렸다. 꽤 긴 기다림이었다.

마침내 정부 관리는 또 다른 외국인 손님을 만나러 자리를 떠났다. 파바나가 가까이 다가갔다. 프랑스인은 케이크를 들다가 파바나가 아직 거기에 있는 것을 보고는 좀 놀라는 눈치였다.

"프랑스에는 정말로 라벤더 들판이 있나요?"

파바나가 물었다.

"라벤더 들판? 그럼 있고말고. 아주 아름다운 곳이지! 보라색 천지니까. 그리고 그 향기, 아주 달콤하지!"

"보신 적 있으세요?"

"그럼 당연히."

파바나는 다음 질문이 바보처럼 느껴졌지만 멈출 수는 없었다.

"거기에 앉아 있는 작은 여자애를 본 적 있으세요? 어, 이제는 작은 애는 아닐 거예요. 저랑 나이가 똑같거든요. 아마도 못 봤을 수도 있어요. 하지만 본 적이 있나요?"

그는 보지 못했다고 한다.

비록 샤우지아가 아프가니스탄을 떠났다 해도 프랑스로 갔을 가능성은 희박하다. 설령 프랑스로 가서 라벤더 들판을 찾아서 앉았다 하더라도 몇 년간 계속 앉아 있을 수는 없을 것이다.

파바나는 카불에서 작별할 때 마지막 본 샤우지아가 그 모습 그대로 태양이 비추고, 사방이 조용한 보라색 꽃들 사이에 앉아 있는 모습을 마음속으로 상상하곤 한다.

백만 번도 더 궁금했었다. 친구가 어떻게 지낼지를. 환영회가 끝나자, 의자를 제자리로 돌려놓았고, 손님들과 학생들도 돌아갔다. 파바나는 식당 테이블에 가족과 둘러앉아 있다. 엄마와 노리아, 마르얌, 아시프, 하산 이렇게.

모두 자기 일을 하느라 여념이 없다. 엄마는 재정 일을 했고, 노리아는 교과 과정을 짜는 중이었다. 마르얌은 훗날 가수가 되었을 때 입고 싶은 드레스를 그리고 있었고, 아시프는 하산에게 이름 쓰기를 가르치고 있다.

참 평화롭다.

모두 무사하다.

아마 샤우지아는 프랑스 라벤더 들판에 있을 거야, 파바나는 생각했다.

하지만 지금 여기 있는 것보다 그것이 더 좋아 보이진 않았다.

"난 아무 데도 가고 싶지 않아."

파바나가 크게 말했다.

"뭐라고 떠드는 거야?"

아시프가 물었다.

파바나는 거의 그를 껴안다시피 했다.

5.
고문 속으로

파바나는 꽤 오래 서 있었다.

등이 벽으로부터 5센티미터 정도 떨어져 있었고, 벽에 기대려는 조짐만 보이면 남자는 고함을 질러 똑바로 서게 했다. 그럴 때마다 파바나는 못 알아듣는 척해야만 했고, 소리 지르는 것도 귀찮은 남자는 직접 와서 파바나를 벽으로부터 떼어놓았다.

군복 입은 남자와 여자는 파바나를 계속 주시하며 듬성듬성 질문을 던졌다.

"네 이름이 뭐야? 그 학교에서 뭘 하고 있었어?"

파바나는 대답하지 않았고, 침묵의 시간은 더욱더 늘어만 갔다.

어느 정도 시간이 지나자, 남자는 총을 깨끗이 청소하기 시작했다. 파바나는 남자가 총을 분해해서 반질반질하게 닦고는, 도로 합체하는 것을 지켜보았다.

아시프는 당신보다 더 잘할 수 있어, 물론 그 앤 총에 시간을 낭비하진 않겠지만.

아시프의 전문은 엔진이다. 우연히 난민촌에서 엔진 공부를 하게 되었는데, 그는 병원 주변을 돌아다니며 병원 트럭 수선을 도왔다. 아시프는 만나는 외국인마다 자동차에 관해서 물었고, 보닛 안을 들여다볼 수 있게 해달라고 청했다. 또 세차 일을 해서 그럭저럭 적은 돈이라도 벌었다.

그리고 아시프는 글을 배웠다.

파바나는 그때의 대화를 기억하고 있다.

그들은 난민촌이 내려다보이는 작은 비탈길에 앉아 있었다.

"네 엄마가 함께 가족으로 살아가자고 했어. 그리고 글을 배우라고도."

"엄마다운 말이네."

"넌 네가 아주 특별하다고 생각할 거야. 읽고 쓰고 다 하니까."

"너, 엄청 노력해야만 해."

"너 지금 내가 하지 못할 거라고 생각하는 거니? 내가 노력했는데도 배우지 못한다면 너 엄청 좋아하겠다. 넌 계속 혼자만 글을 알고 싶겠지. 아마도 내가 너만큼 글을 안다면 넌 무척 싫어할 거야."

파바나는 기다렸다. 다음에 무슨 말을 할지 알고 있었기에.

"난 글을 배울 거야. 단지 널 괴롭히기 위해서."

아시프는 곧장 일어서서 캠프로 내려가 엄마를 찾아서 첫 수업을 시작했다.

군인 한 명이 음식을 들고 들어와서 소령과 통역에게 주었다. 그들이 먹는 햄버거에서 구운 고기 냄새가 났다. 파바나에게는 아무것도 제공되지 않았다.

"말해. 그럼 먹게 해줄게."

파바나는 침묵했다. 배고픔에는 익숙했다.

음식을 다 먹고 나자, 다시 질문이 시작되었다.

"네 이름이 뭐야? 네 동료는? 그 학교에서 뭐 하는 중이었어? 왜 우리한테 말을 안 하는 거지? 뭘 숨기는 거야?"

파바나는 귀를 닫고, 다른 곳에 집중하려고 노력했다. 엄마보다 아침 일찍 일어나서 조용한 장소를 찾아서 책을 읽는 일이 얼마나 흥분되는 일이었는지에 대해서 생각하려고 애썼다. 매일 아침 등교하는 학생들을 보는 일이 얼마나 좋았는지, 경비를 맡은 파히르 아저씨와 종종 교문에 서서 등교하는 여학생들에게 인사를 건네던 일에 정신을 집중했다. 모두 청결하고 깨끗이 세탁되어 밤새 매트리스 밑에 깔아놔 빳빳이 다려진 차도르를 한 아이들에게.

여학생들은 종종 무리를 지어서 등교했다. 빤한 응시와 모욕을 피하기 위해서였다. 대체로 아이들은 어른과 함께 학교에 온다. 엄마든 아버지든 삼촌이든 고모든 그들을 보호할 사람이면 누구든지 상관없다. 보호자는 통상 여학생이 교문을 통과해서 건물 안으로 들어갈 때까지 지켜보곤 한다.

파바나는 묻지 않아도 알 수 있다. 저 부모들도 학교에 다니고 싶어 한다는 것을. 왜 안 그렇겠는가?

교문 안의 모든 것은 말끔하다. 학생들은 매일 학교를 청소한다. 창틀의 먼지를 털어내고, 바닥의 발자국을 닦아낸다. 항상 밥 짓는 냄새와 난 굽는 냄새가 난다. 또 학교는 무척 밝다. 아주 환한 색으로 칠해져 있다. 늘 노랫소리가 들렸고, 교실 벽마다 학생들의 예술 작품으로 가득 차 있다.

파바나는 학부모들이 학교에 와서 함께하는 게 좋기도 싫기도 했다. 기회를 주고는 싶었다. 그들은 소련의 점령, 내전, 탈레반의 통치 등으로 대부분 학교에 다니지 못했다. 하지만 어른들은 예측할 수 없다. 그들은 문제를 일으키는 데 도사다. 이미 경험으로 알고 있다.

"고통스럽지? 알아. 한 장소에 오랫동안 서 있기란 곤욕이지. 등이 아플 거야. 다리도 아프고, 붓기 시작할 거야. 화장실 갈 때도 됐지. 나는 네가 화장실도 갔다 오고, 맛있는 밥도 먹고, 푹 쉬어서 아무 걱정 없었으면 좋겠다. 그러려면 말만 하면 돼."

소령이 말했다.

남자는 가까이 다가오더니, 급기야 파바나와 5센티미터도 안 되는 거리에 섰다. 파바나는 눈을 아래로 깔고 있었지만 그의 숨소리를 느낄 수 있었다. 시큼한 냄새가 났다. 양파 냄새 같다. 햄버거에 든.

남자는 목소리를 낮춰 속삭였다. 통역이 가까이 다가와서 속삭이며 통역했다.

"넌 아무것도 모른다고 말해봐. 한마디만 해봐. 딱 한마디만! 하고 싶은 말 한마디만. 그럼 넌 쉬면서 먹을 수 있어. 말할 수 없다면 두 주먹으로 벽을 쳐봐."

남자는 파바나 머리 옆의 벽을 가볍게 쳤다.

"네가 들을 수 있는 걸 알아. 확실히 내 말도 알아듣고. 그러니 나한테 말해야지. 한마디만. 멈추라든가, 꽃이라든가, 강아지라든가, 수류탄이라든가, 이런 말이라도 해봐. 한마디만 해보라고. 말해, 그러면 쉽게 해줄게."

파바나는 침묵했고, 시큼한 양파 냄새를 피하고자 침을 삼켰다.

바로 그때 그가 코앞에 대고 소리를 질렀다.

"말하라고!"

엄청난 외침이었다. 연병장의 외침, 적을 공포로 몰아넣는 외침.

파바나는 공포가 밀려왔고, 경련을 일으켰다.

더는 버틸 수 없었다.

두 눈이 감겼고 벽에 등이 기대어졌으며, 의식이 희미해졌다.

6.
에펠탑 건설하기

"이게 다니?"

파바나 의자 옆에 선 엄마가 노트를 내려다보았다. 분수 문제로 가득 차 있어야 할 노트에는 풀지 못한 방정식 문제 달랑 한 개만이 맨 위에 적혀 있고, 나머지엔 마을 지도가 그려져 있다. 이것은 파바나가 꿈꾸는 마을로, 곳곳에 시냇물과 다리가 있고, 여자아이들이 어떤 괴롭힘도 당하지 않고 놀 수 있는 비밀 공원들이 있다. 파바나는 풀어야 할 수학 문제를 까맣게 잊고 있었다.

"하니파는 세 장이나 풀었고, 샤리파는 네 장 풀었어. 쟤들은 전에 학교도 안 다녔어."

엄마의 잔소리는 탈레반의 침묵으로부터 깨어난 이후 다시 시작되었다.

"너는 학교에도 다녔고, 선생님인 아버지한테서 배웠는데, 분수 문제 한 장을 못 채우니? 쉬는 시간에 해. 마음만 먹으면 벨이 울리기 전에 다 풀 수 있을 테니."

하니파와 샤리파는 거들먹거리게 웃으며 엄마랑 식당을 나갔다. 하니파와 샤리파는 종일 공부만 하고 자신을 보면 젠체한다.

파바나는 식당에 홀로 남았고, 창문으로는 노는 아이들의 목소리가 들려왔다.

파바나는 털썩 앉으며 테이블에 펜을 탁 놓았다. 그러자 펜이 식당 저편으로 데굴데굴 굴러떨어졌다.

엄마는 저런 식으로 말할 권리가 없다. 특히 다른 아이들 앞에서는. 파바나는 학교 짓는 일을 열심히 도왔다. 실제로 학교 다니는 게 이렇게 어려운 것인 줄 어떻게 알았겠는가.

쉬운 것들도 있다. 도서관에서 책을 읽는 것, 이건 쉽다. 영어 실력이 많이 늘어서 기증받은 영어책은 거의 읽어 갔다. 응급처치 수업도 좋다. 그것의 쓰임새를 명확히 알고 있으니까. 또 학교에서 벌어지는 일을 아는 것도 즐겁다. 학생들이 와서 질문하고, 대답하는 것 또한 좋다.

하지만 평범한 학생이 되는 건 싫다.

가만히 앉아만 있는 것이 죽도록 싫다.

어떻게 테이블에 몇 시간씩 앉아서 아이들만 바라볼 수 있단 말인가? 파바나는 움직이는 것에 익숙해져 있다. 일하고, 찾아다니고, 땅을 파고, 생존하는 것에 맞춰져 있다.

앉아서 응시하는 것이 아니라.

파바나는 어지러운 수학 숙제를 내려다보았다. 분수 곱셈. 왜 이런 걸 공부해야 하지? 이해가 되질 않았고, 따분했다. 엄마가 설명했고, 노리아도 설명했다. 심지어 다른 선생님들도 설명해주었다. 그런데도 5분의 1 곱하기 3분의 1을 어떻게 계산하는지, 왜 이런 것을 배우는지를 모르겠다.

파바나는 이 교실에 더 앉아 있을 수 없었다. 젠체하는 여자애들과 두 시간이나 더 있어야 한다고 생각하니, 견딜 수 없었다. 마음을 정했다.

밖으로 나가야 한다.

그래서 나왔다.

파바나는 업적의 벽에 붙은 위라 아줌마 얼굴을 지나 식당 밖으로 나와서 교문을 나갔다. 파히르 경비 아저씨가 부르며 쫓아왔지만 멈추지 않았다.

근육을 움직여야 한다고 생각하며 열심히 걸었다. 가슴이 콩닥콩닥 뛰는 것이 느껴졌다. 돌아보지 않고 걸었다. 쓸모없는 분수와 엄마의 부당함을 낮게 투덜거리며 주위도 둘러보지 않고 걸었다.

50분 정도 걸으니, 이웃 마을에 당도했고, 자갈길 들판을 따라 내려갔다. 넓디넓은 양쪽 길 일부에는 양귀비를 심어 놨는데, 활짝 펴서 골짜기를 녹색과 핑크로 물들였다.

파바나는 터벅터벅 마을로 이어진 길로 내려갔다. 마을 첫 번째 가게와 집이 보일 때쯤 화는 어느 정도 사그라들었다.

마을 가장자리에는 천막촌이 있었다. 일부는 텐트였지만 대부분은 판자나 짚더미, 모래주머니 위에 쳐놓은 방수포였다. 염소 몇 마리가 쓰레기통에 코를 박고 있다. 더러운 옷을 입은 아이들은 흙바닥에 앉아서, 혹은 낡은 양철 깡통을 차며 놀고 있었다.

흡사 엄마를 만났던 난민촌의 작은 버전 같았다. 천막은 몇 킬로미터에 걸쳐서 이어졌다. 이런 삶으로 돌아가고 싶지는 않았다. 너무 힘든 삶이기에.

천막이 끝나자, 흙집들이 나왔다. 진흙 벽돌로 만든 낮고 네모난 집들이다. 손으로 만든 납작한 동물 똥 덩이를 햇볕에 말리려고 벽에 붙여놓았다. 밥할 때 연료로 쓰거나 집에 불을 때는데 사용하는 것들이다. 상점이 몇몇 있었는데, 열어 놓은 창문 밖으로 껌, 사탕, 과자, 비누 등이 보였다.

파바나는 빵집을 지나쳤다. 오븐에서 난 굽는 냄새가 진동했다. 정육점도 지나갔다. 도살된 머리 없는 염소 몸통이 갈고리에 걸려 있었고, 머리는 앞의 쟁반에 일렬로 진열되어 있었다. 과일 가게가 보였다. 오렌지와 토마토가 피라미드를 이루었다. 철물점과 생활용품점 옆 가판대에서는 향료와 너트를 팔았다.

이 마을 시장은 카불시장보다는 훨씬 작고 조용했다.

여기서 일거리를 찾을 수 있을지도 몰라, 얼마큼 벌었는지도, 물건값이 얼마인지도 다 계산할 줄 안다고. 멍청한 분수는 필요하지 않다니까, 라고 생각했다.

다시 주머니에 돈을 갖게 된다면 얼마나 멋질까? 학교 개교를 준비하면서 엄마가 돈 관리를 맡았다.

한 번은 엄마한테 돈을 좀 달라고 한 적이 있다. 마을을 돌아다니다가 군것질거리로 말린 자두나 뭐 이런 걸 좀 사먹고 싶었기 때문에.

"무슨 돈이 필요하다고? 필요한 건 다 해주는데. 이젠 시장에도 나가질 않잖니. 넌 몇 년간 너무 많이 돌아다녔어.

이제 한 곳에 가만히 있는 게 좋아."

엄마가 말했다.

수레에 플라스틱 샌들을 가득 싣고 가는 행상인 옆을 지나가면서 부럽다는 생각이 들었다. 오랫동안 파바나는 평범한 생활을 하고 싶었다. 깨끗한 옷을 입고 학교 교실에 앉아 있고 싶었고, 가족과 함께하고 싶었다.

지금 이 모든 것을 가졌는데 왜 이리 불만투성일까?

"도대체 뭐가 잘못된 거야?"

파바나는 스스로 물었다.

파바나는 마을을 샅샅이 훑으며 통과했고, 잡초와 확 트인 하늘이 보이는 척박한 비탈길로 들어섰다. 아프간 시골길에서는 툭하면 길을 잃는다는 것도, 비슷비슷한 비탈길이 느닷없이 시작된다는 것도 잘 알고 있다. 파바나는 가장 가까운 비탈로 올라가 꼭대기에 섰다. 바닥에 전갈이나 벌레, 거미가 없는지를 확인하고는, 앉아서 큰 바위에 등을 기대었다. 아래를 내려다보니 마을 전체가 보였고, 저 밑으로는 학교가 보였다.

다리는 아팠지만 기분은 좋았다. 학교에서 매일 체육을 하는데, 풋샷과 점핑잭 정도로는 세상을 돌아다니며 모든 것을 보고 싶다는 욕망을 채우지는 못했다.

나한테 문제가 있는 걸까?

전투기가 뒤의 골짜기로부터 급상승해서 날아올라 하늘을 가로지르며 시끄러운 굉음을 냈다. 파바나는 눈도 깜짝 안 했다. 주변의 까마귀들처럼 일상적인 일이다. 멀리서 폭발로 생긴 먼지구름이 솟아올랐다.

또 누군가는 흙먼지를 뒤집어쓸 것이고, 고막이 터져나갈 것이고, 세상이 산산이 부서지는 것을 볼 것이다.

"하지만 난 아니야. 오늘은 아니야. 이미 난 경험했어. 이번엔 다른 사람 차례야."

파바나는 큰소리로 외쳤다.

앉은 바닥은 딱딱했지만 편안했고, 바깥에서 자는 방법은 잘 알고 있다. 학교에서는 노리아와 마르얌과 매트리스를 같이 쓰는데, 항상 중간에 끼여서 잤다. 오른쪽엔 노리아가 가장 많은 공간을 차지했고, 마르얌은 잠이 거칠었다. 툭하면 파바나는 도중에 포기하고 바닥에 내려와서 자야 했다.

날 그리워하지도 않을 거야, 라고 생각했다.

학교를 세우는 일은 재미있었다. 계획과 목적이 있었으니까. 하지만 실제로 학교에 다니는 건 어떤가? 아니, 재미없다. 남은 인생을 끔찍한 두 여자애와 마주 앉아서 같은 분수 페이지만 바라보면서 보낼 수는 없다.

"나는 학교를 짓는 사람이 될 거야. 돌아다니다가 학교가 없는 마을에 가면 나이 많은 사람들한테 가서 학교를 세우자는 제안을 할 거야. 난 나이 든 과붓집에서 물도 길어다 주고, 아침 외출도 도와주고, 저녁이면 책도 읽어줄 거야. 낮에는 학교 짓는 도면을 그리고, 마을 남자들에게 이래라저래라 명령할 거야. 창문을 만들어요, 이렇게 정원이 보이는 쪽으로요. 운동장은 더 크게 만드세요. 도서관에 넣을 책장을 더 만들어요."

파바나는 짓고 싶은 학교를 마음에 그렸다.

아이들이 떨어지지 않도록 턱을 높인 평평한 지붕 운동장이 있다. 이곳에서 봄 축제 땐 연을 날리고, 더운 여름밤이면 별 아래 누워서 잠도 잔다. 널따란 채소 정원이 있고, 한쪽 끝엔 닭장이, 다른 끝에는 큰 나무를 심어, 그늘에서 책을 읽는다. 원하면 누구든지 꽃을 기를 수 있다.

"학생들이 시장에 꽃을 내다 팔아서 돈을 벌도록 해야지."

항상 파바나는 주머니에 돈이 좀 있으면 활력이 생겼다.

학교 개교 기념식에서 정부 관리는 긴 연설을 할 것이다.

이번에 그의 연설은 파바나의 이야기로 도배될 것이다. 파바나의 기술과 재능, 그리고 분수 곱셈조차도 모르던 아이가 어떻게 이런 성취를 할 수 있었는지에 대한 이야기로.

모두 박수갈채를 보내며 감사패를 주려고 하겠지만 찾지 못할 것이다. 이미 스리슬쩍 떠났으니까. 그러고는 길을 따라 걷고 걸어, 다른 마을에 도착해서 다음 학교를 지을 것이다.

"그럼 우선 머리부터 잘라야지. 아시프의 여분의 샬와르 카미즈가 나한테 맞을 거야. 아시프가 저녁 먹으러 나가면 몰래 가서 가져와야지. 엄마 책상에 가위가 있어. 다시 남자로 돌아갈 거야. 바깥세상으로 나가서 일할 거야. 할 수 있는 일은 다. 돈을 저축해서……"

생각이 막혔다. 예전에 소년으로 변장했을 때는 돈을 벌어야 한다는 목적이 있었다. 벌어먹일 가족이 있었고, 감방에서 구출할 아버지가 있었다.

지금은 무엇을 위해서 저축해야 하나? 순간 단순히 살아남는 것만으로는 만족할 수 없다는 감정이 밀려왔다.

파바나가 진정으로 원하는 건 뭔가를 건설하는 것이다. 사람들에게 안정감과 행복을 주는 그런 곳을…….

생각이 여기까지 미칠 즈음에야 파바나는 비로소 분수

곱셈을 배워야 할 필요성을 알 것 같았다. 다른 모든 것도.

얼른 생각을 물리쳤다.

"샤우지아처럼 해야겠어. 남장으로 돈을 벌어서 프랑스에 갈 거야. 거기서 건물을 지을 거야. 우리가 에펠탑 꼭대기에서 만나려면……"

파바나는 잠시 멈추고 계산을 했다.

"16년 남았다. 그때 난 성공한 건축가가 되어 있을 거야."

이 꿈에 아주 만족한 파바나는 일어서서 옷에 묻은 먼지를 털고 비탈길을 내려왔다. 다시 시장을 통과해 돌아오면서 머릿속에는 꿈을 그렸다.

지금 가장 먼저 할 일은 아버지의 숄더백을 가지러 어서 학교로 돌아가는 것이다. 숄더백은 유일한 아버지의 유품으로, 지난 몇 년간의 기록인 샤우지아에게 쓴 편지가 들어 있다. 노리아가 들춰보고 비웃을 텐데, 놓고 떠날 수는 없다.

파바나는 비탈길을 내려와서 마을로 들어섰다. 에펠탑의 설계상 결함을 지적하는 몽상에 깊이 빠져 있을 때쯤 어떤 남자가 파바나 앞으로 걸어 나오며 소리를 질렀다.

"머리를 가려야지!"

파바나는 멈추었다.

"뭐라고요?"

파바나는 얼른 파리에 가 있는 생각을 아프가니스탄으로 되돌려 놓았다.

"머리를 가리라고!"

차도르가 어깨 주변에 흘러내려서 숄 역할만 하고 있었다. 머리와 귀 주변으로 느껴지는 바람이 상쾌했다.

"가리지 않아도 된다는 법이 생겼잖아요."

"그거야 외국인들이 그러는 거지. 우리는 안 돼!"

그의 외침은 다른 남자들의 주의를 끌었다.

"저 학교에 다니는 애로군. 여자들끼리 모여 있는 곳. 무가치한 곳."

다른 남자가 말했다.

"그런 몰골로 우리 마을을 활보하진 못해. 가리고 썩 꺼져."

세 번째 남자가 말했다.

일순간에 파바나는 남자들에게 둘러싸였다. 소리치는 남자, 저주를 퍼붓는 남자, 분노한 남자.

"애인을 만나러 왔나 보지. 우리 마을에 무례를 범하다니."

세 남자 중 하나가 말했다.

파바나는 그들을 뚫고 나가려고 애썼지만 남자들은 틈을 주지 않았다. 처음엔 세 남자가 원형을 만들더니, 네 명이 되었다. 시선을 바닥에 둔 파바나의 시야엔 샌들을 신은 크고 더러운 발들이 보였다. 고개를 드니, 분노한 입과 눈동자들이 보였다.

누군가 파바나 등을 세게 내리쳤다. 연이어 어깨와 팔에 더 많은 구타가 이어졌다.

파바나는 두려워할 필요가 있다고 깨닫기 시작했다. 하지만 두려움이 엄습하기 전에 화를 내기로 작정했다. 깊게 숨을 들이쉬고는, 마음의 준비를 단단히 하고, 낼 수 있는 가장 큰 소리로 고함을 질렀다.

"비키라고!"

남자들은 충격을 받았고, 순간 파바나는 폭도들 사이의 틈을 보고는 쏙 거기로 빠져나갔다. 그러고는 달렸다.

남자들이 파바나를 쫓았다.

파바나가 뛰지 않고 걸었다면 남자들은 파바나를 그대로 보낸 것에 수치심을 느꼈을 것이다. 하지만 파바나는 너무 흥분한 나머지 위엄 있게 걷지 못했다. 흥분한 파바나는 아프가니스탄 평원을 가로지르며 돌진하는 가젤들처럼 뛰었다. 시장을 달렸다. 염소 머리를 지나고 천막촌을 지났다.

학교로 향하는 넓은 흙길을 냅다 달렸다,

남자들이 계속 쫓아왔지만 파바나가 더 잘 뛰었다. 그들도 화가 났지만 파바나도 화가 났다. 파바나는 어렸고 도망치는 데는 일가견이 있었다.

남자들이 돌을 던졌다. 그중 몇 개는 파바나 등에 맞고 흙바닥으로 튕겼다. 파바나는 웃음이 났고, 몸을 돌려서 자신이 웃는 모습을 그들에게 보였다.

"아저씨들은 평생 과거에 사세요!"

거의 학교에 다다랐고, 한 손에 차도르를 흔들면서 머리카락이 바람에 날리는 느낌을 만끽했다.

"나는 미래예요! 나는 아저씨들보다 훨씬 앞서 나갈 거라고요!"

파바나는 남자들이 돌로 자신을 맞추는 것에 실패하자, 또 웃었다. 그러고는 뛰어서 학교로 왔다.

엄마가 교문 밖에서 이 광경을 지켜보고 있었고, 파바나는 곧장 엄마에게로 갔다.

"들어가자."

파바나는 학교 안으로 들어갔다.

"전 어린아이가 아니에요."

"지금 너를 보니 그런 것 같구나. 방금 입증했잖니."

엄마는 파바나를 두고, 혼자 식당으로 갔다.

파바나는 터진 타이어에서 새어 나온 바람처럼 온몸에 힘이 쭉 빠졌고, 고분고분 엄마를 따랐다.

학생들은 모두 테이블에 앉아서 그날 배운 것을 복습하고 있었다. 집에서 공부할 장소가 있는 아이들은 없다. 그래서 숙제는 학교에서 하고, 집에 가기 전에 차와 빵, 과일, 너트 등을 먹는다.

"자, 여기 봐."

엄마가 말했다.

여학생들은 연필을 내려놓고, 엄마를 바라보았다. 파바나는 무슨 일이 벌어질지 두려운 마음으로 식당 벽에 기대어서 있었다.

"지금부터 허락 없이는 아무도 학교 운동장을 나갈 수 없어. 나와 경비 아저씨의 허락 없이는 아무도 나가고 들어오면 안 돼. 알았니?"

"네, 교장 선생님."

여학생 모두 답했다.

"싫어요, 교장 선생님."

파바나가 혼잣말로 속삭였다.

"모두 몸을 돌려서 저 벽에 서 있는 애를 봐."

머리들이 돌아봤고, 모든 눈이 파바나를 응시했다.

"저 애는 앞으로 3주 동안 도서관 이용 금지야. 누구라도 도서관에서 저 애를 본다면 나한테 보고해야 해. 봤는데도 모른 척한다면 큰코다칠 줄 알아. 모두 이해했지?"

엄마가 선언했다.

"네, 교장 선생님."

파바나는 하니파와 사리파를 보지 않아도 지진이라도 난 것처럼 낄낄거린다는 것을 느낄 수 있었다.

파바나는 저녁 식사가 시작되었을 때에도 내내 벽에 서 있었다.

"넌 숙제부터 하고 밥 먹으래. 미안해."

요리사가 파바나에게 분수 숙제가 적힌 종이를 내밀면서 말했다.

파바나는 받지 않았다.

"마을에서 먹었어요. 아주 오랫동안 배고프지 않을 거예요."

파바나는 모두 들으라는 듯이 큰 소리로 말하고는, 분수 숙제를 난 접시 위에 올려놓고 나갔다.

그런데 분수 숙제가 계속 따라다녔다.

화장실에 갔을 때 숙제가 세면대에 있었다. 파바나는 모른 척하고 나왔다.

가족들이 자는 방에 왔을 때 숙제는 벽장 안 담요 맨 위에 있었다.

파바나는 그것을 동그랗게 꾸겨서 방구석에 던져버렸다.

엄마가 그 광경을 보더니, 도로 가져와서 주름을 폈다.

"분수는 꼭 알아야 해."

엄마가 숙제를 도로 주며 말했다.

"네가 좋아하든 그렇지 않든 분수를 공부해야 해. 네 미래는 이것에 달렸어. 분수를 포기하면 다음 어려운 것도 포기하게 돼. 넌 아주 영리하고 강하니까 포기하지 않을 거라고 생각해. 그러니 숙제를 다 할 때까지는 먹지도 잠도 자지 마라."

엄마는 종이를 말끔하게 사각으로 접어서, 파바나 손가락을 펴서 손에 쥐여주었다.

"어서 숙제할 곳을 찾아봐. 난 동생들 잠자리를 봐줘야 하니."

파바나는 사실상 문밖으로 쫓겨났고, 뒤에서 문이 철컥하고 닫히는 소리가 났다.

파바나의 본능은 사각 종이를 던져버리라고 한다. 학교 담 너머로 던져서 영원히 사라지도록. 아니면 부엌으로 가서 성냥을 찾아서 분수를 불 질러버리라고 한다.

하지만 엄마를 알고 있다. 엄마의 서랍에는 분수 숙제로 가득할 것이다. 엄마는 기꺼이 즐거운 마음으로 고민 덩어리 딸에게 분수가 늙어 꼬부라져 이가 다 빠질 때까지 내줄 것이다.

떠나야겠어, 모든 게 끝났어, 여기에 적응하려고 애썼지만 지금은 모든 게 끝이야, 라고 파바나는 생각했다.

아시프는 작업실 간이침대에서 잔다. 파바나는 뒤뜰로 가서 그의 작업실에 램프가 밝혀져 있는 것을 보았다. 문을 두드렸다.

"들어와."

파바나는 문을 열었다. 아시프는 작은 기계 조각들에 둘러싸여서 작업 의자에 앉아 있었다.

"하산의 장난감 트럭을 고치는 중이야. 약속했거든. 그러니 성가시게 하지 마."

파바나는 바로 본론으로 들어갔다.

"네 샬와르 카미즈 나 줄래?"

"새로 장만한 하얀색?"

"아니. 그거 말고 딴 거."

"왜?"

"상관하지 말고."

아시프는 렌치를 내려놓고 파바나를 바라보았다.

"넌 참 바보야."

"닥쳐."

"너, 머리를 자르고 내 옷을 입으면 네가 원하는 걸 자유롭게 할 수 있다고 생각하지?"

파바나는 아시프를 지나쳐 벽의 못에 걸린 그의 샬와르 카미즈가 있는 곳으로 갔다.

"이거 내가 가질게. 아무 말도 하지 마. 나한테 빚진 것도 있잖아."

"내가 너한테 빚졌다고? 뭘?"

"목숨을 빚졌잖아. 그 동굴에서 너를 발견해줬고, 목숨을 구해줬고,"

아시프는 팔짱을 끼고는 파바나를 바라보았다.

"그래. 네 말이 옳다고 치고, 네가 내 목숨을 구해줬다고 치자. 좋아. 난 입 꾹 다물게. 여행 잘하고, 하는 일에 성공하길 바랄게. 파히르 경비 아저씨한테 들키지 말고 교문을 잘 빠져나가길 바란다."

파바나는 문을 열고 잠시 멈추어서 돌아보았다.

"아마 이것이 마지막일 거야. 난……"

"그 멍청한 짓 좀 그만하고, 그냥 분수 공부나 하지."

"다시 시작하지 마."

"파바나, 넌 이미 분수의 원리를 알고 있어. 응용만 하면 된다고."

"이건 다른 문제야."

"아니, 넌 스스로 잘 모른다고 너 자신에게 주입하고 있어. 지금 네가 남자 옷을 입고, 그 나이에 남자 행세를 할 수 있다는 그 멍청한 생각을 스스로 주입하는 것처럼. 일주일이 가기 전에 넌 이슬람 광신자들한테 죽임을 당할 거야. 거리에서 돌 맞아 죽을 거라고. 넌 엄청 똑똑해. 아까 말했지, 네가 내 목숨을 구했다고? 맞아. 그래서 그 보답을 하고 싶어서 그래. 너는 이미 분수 계산법을 알고 있어. 그러니 여길 떠날 필요도, 거리에서 죽음을 맞이할 필요도 없다고."

파바나는 반격을 하려다가 주저했다. 아시프의 말이 옳다고 인정하는 것은 노리아가 옳다고 인정하는 것만큼 끔찍한 일이다. 하지만 시장의 분노한 남자들이 떠올랐다. 이런 남자들이 무슨 짓을 저지르는지 뻔히 알고 있다.

바깥세상으로 다시 나가도 안전할 수 있다. 어쩌면 자신이 진정으로 그러고 싶지 않을 수도 있다.

그때야 파바나는 지금 진정한 선택을 해야만 한다는 걸 깨달았다. 오늘 밤 머문다면 분수를 배우는 내내, 어떤 두려움이 있어도 여기 있어야 한다.

만약 이곳을 떠난다면 다시는 돌아오지 못할 것이다.

파바나는 미래의 선택을 정했다.

"넌 정말 끔찍한 애야."

파바나는 샬와르 카미즈를 간이침대에 던지며 말했다.

"너도 아주 끔찍한 애지."

아시프는 분수 숙제를 달라는 시늉으로 손가락을 흔들었다. 파바나는 숙제를 아시프에게 주었다. 아시프는 접힌 숙제를 펼쳐서 손바닥으로 문질러 펴고는, 파바나에게 연필을 건넸다.

파바나는 작업대로 가서 분수 숙제를 내려다보았다. 그러고는 문제를 풀어 내려갔다.

7.
종이와 펜만 있다면

금속 문고리가 열리면서 무언가를 안으로 쓱 들이미는 소리에 잠에서 깨어났다.

가만히 누워 있었다.

누군가가 문밖에 서서 가만히 파바나를 응시하고 있었다. 침대에 누워 있다는 사실이 기뻤다. 완전히 녹초가 되어서 다시는 침대에서 일어날 수 있을 것 같지 않았다. 그저 누워서 천장을 바라보며 아무 생각도 안 하고 싶었다.

"괜찮아요."

지켜보던 사람이 파바나에게 속삭였다. 목소리로 봐선 여자아이 같았다.

파바나는 천천히 몸을 일으키려고 했다. 처음엔 머리가 희뿌연 안개에 싸인 듯 무거워서, 영어를 알아듣지 못하는 척해야 한다는 걸 까먹었다. 반쯤 일어났을 때 기억이 나자, 도로 침대에 누웠다.

심장이 방망이질 치기 시작했다.

"식사 왔어요. 전투식량이에요."

속삭이는 소리가 말했다.

파바나는 간이침대에 억지로 누워서 구구단을 1단에서 25단까지 외웠다. 그런 다음 코란 1장을 암송했다.

마침내 한계에 다다랐다. 복도는 조용했고, 지켜보는 이도 없었다. 파바나는 간이침대에서 일어나 문가로 가서 쟁반을 들고 와서는, 작은 테이블에 놓고 자세히 살폈다.

봉지인데, 이미 벌려져 있다. 안을 들여다보았다.

큰 봉지 안에 작은 봉지가 여러 개 들어 있다. 하나를 꺼내 들고 라벨을 읽었다. '토마토소스가 들어간 치즈 토르텔리니', 토르텔리니가 무엇인지는 모르지만 치즈는 좋아한다. 토마토도 좋아한다. 봉지에는 글이 잔뜩 쓰여 있었고, 몽땅 읽었다. 어디서 만든 음식인지, 어떤 성분이 들었는지, 유효기간은 언제까지인지를 읽었다. 어떻게 뜯는지, 어떤

비타민 성분이 들어 있는지, 트랜스 지방이 들어 있지 않다는 것도 읽었다.

내용이 좀 지루했지만 아무것도 안 하는 것보다는 뭐라도 읽으니, 좀 살 것 같았다.

포장지에 시를 써 놓으면 좋을 텐데, 라는 생각이 들었다. 전투 중인 군인들도 아마 읽을거리가 필요할 것이다. 적절한 때에 좋은 시는 사람의 인생을 변화시킬 수 있다. 「눈 내리는 저녁 숲가에 서서Stopping by Woods on Snowy Evening」와 「타석에 선 케이시Caset at the Bat」를 읽는다면 누가 사람을 쏘고 싶겠는가?

이 시를 읽은 군인은 막 죽이려던 사람에게 소리칠 것이다.

"야, 너! 나 방금 위대한 시를 한 편 읽었어. 읽어줄게. 너도 꼭 맘에 들 거야!"

학교 도서관의 책은 대부분 미국 작가의 작품이었다. 파바나는 틈만 나면 이 책들을 읽었다.

전투 식량 봉지에 농담이나 짧은 이야기를 넣었으면 좋았겠어, 아니면 소설의 장을 봉지마다 실어서 군인들이 한 권 전체를 다 읽을 때까지 돌려보는 거야, 라고 생각했다.

파바나는 탱크 꼭대기에 앉아서 밥을 먹는 군인들을 상

상했다. 「작은 아씨들Little Women」을 읽는 군인들도 있을 것이다. 배스가 죽는 장면에서 코를 훌쩍이면서. 아니면 가난한 빨간 머리 앤이 머리를 녹색으로 물들이는 장면에서 웃고 있든지.

군대에 편지를 써야겠어, 이건 참 좋은 아이디어잖아, 어쩌면 책을 선택하도록 날 고용할지도 몰라, 라고 파바나는 생각했다.

잠시 뒤 파바나는 이런 생각을 물리치고는, 봉지 안을 들여다보았다. 플라스틱스푼과 빵, 썬 복숭아, 초콜릿 브라우니가 들어 있다.

이건 계략이야, 그들이 왜 나한테 이렇게 많은 음식을 주겠어? 이런 고급 음식을! 그러니 먹지 말아야 해.

아까 여자아이가 괜찮으니, 먹으라고 했다. 그렇게 속삭였다. 속삭인 건 죄수들에게 말을 건네면 안 된다는 뜻일 것이다.

먹지 않으면 이 상황을 이겨낼 힘이 없을 거야.

결정은 정해졌다.

토르텔리니 봉지를 열었다. 안에는 빨간 토마토소스와 작고 둥근 파스타가 보였다. 손가락으로 소스를 찍어서 맛을 봤다. 새콤한 맛이 입안을 자극해서 감당할 수 없을 정도의

식욕이 일었고, 마음처럼 빨리 숟가락질이 되질 않았다. 토르텔리니가 거의 사라질 즈음엔 스푼으로 소스를 알뜰히 긁어모아 먹었고, 봉지 가장자리에 묻은 소스까지도 다 핥았다.

파바나는 몸을 뒤로 젖히며 한숨을 쉬었고, 몸에 다시 활력이 생기는 걸 느꼈다. 허기가 가신 파바나는 음식을 싼 봉지를 자세히 살폈다. 덧댄 비닐 포일을 벗겨 낸다면 글을 적을 종이가 생길 수 있을 것 같다. 물론 펜은 없다. 그걸 어떻게 구할지 상상조차 되진 않지만, 종이를 갖게 된다는 것만으로도 기분이 좋을 것만 같았다.

파바나는 나중을 위해 남은 음식은 싸서 테이블 위의 작은 선반에 올려놓고는, 봉지를 분리하는 작업을 시작했다. 아주 섬세한 작업으로, 잘못하면 종이를 찢을 수 있다. 침착하게 몰입했고, 잠시라도 행복했다.

군인들은 한동안 파바나를 혼자 두었다.

식사가 간헐적으로 들어왔는데, 딱 한 번 군인이 감방으로 곧바로 가져왔고, 이전 것을 치워 갔다. 그즈음 파바나는 종이 봉지에서 네 장의 평평한 종이를 만들어, 매트리스 밑에 숨겨 두었다.

어느 순간, 군인들이 종이를 발견하고는, 홀딱 빼앗아 갈 거라는 것을 알지만 종이를 벗겨내는 일은 무료함을 달래었다.

파바나는 철창 벽 높은 곳의 작은 창문에서 들어오는 빛으로 밝기를 가늠하면서 하루하루가 가는 것을 계산했다. 가로로 기다란 작은 창문은 경사진 가느다란 금속 창살로 막아 놓아서, 아무도 안과 밖을 볼 수는 없었다. 조금의 신선한 공기가 안으로 들어와 숨 쉴 수 있었고, 그 탓에 밤은 좀 서늘했다.

요령이 생긴 파바나는 오른쪽 발은 간이침대에 디디고, 왼쪽 발은 테이블 위를 디뎌서, 창밖을 내다보았다. 창살 때문에 시야가 가렸지만 하늘과 먼 거리에 있는 돌 비탈이 보였다. 미간을 좁히니, 쓰레기통과 격납고가 보였는데, 예리한 철삿줄들이 그것들을 둘러싸고 있었다. 파바나는 손가락을 창살들 사이에 넣고는 햇살을 받으며, 손가락을 옴질옴질 움직거렸다. 균형을 유지한 채로 한참 바깥세상을 내다보았다.

홀로 남겨진 지 3일째 되던 날, 문고리가 삐걱 소리를 내며 스르르 열렸다.

"문 앞으로 와."

어린 여자 병사였다. 하지만 이번에는 목소리가 컸다.

"죄수, 문 앞으로 오라고."

파바나는 침대에 걸터앉아서, 아무런 반응도 보이지 않았다.

문이 닫혔고, 어린 병사는 다른 여자 군인을 데리고 다시 왔다. 그들은 파바나의 팔을 각각 한쪽씩 잡고는 끌어내려고 했고, 파바나는 침대 옆을 꽉 잡았다. 철창 안이 더 안전했다. 다시 고함치는 남자에게로 가고 싶지 않았다.

"끌어내."

한 군인이 말했다.

"아직 어린애예요."

"어린애가 아니라 테러리스트야."

어린 군인이 파바나 옆에 무릎을 꿇고 앉더니, 나지막이 말했다.

"목욕하러 가는 거야. 그냥 목욕이야. 내가 같이 있을 테니, 걱정하지 마. 난 너한테 식사를 가져다주잖아. 그리고 넌 날 믿고 있다는 걸 알고 있어."

"쟨 영어 못해. 아랍어로 말해야 한다고."

"괜찮아요. 내 말을 못 알아들어도 톤은 이해할 수 있을 거예요."

두 군인은 파바나를 철창 안에서 끌어내, 복도 끝의 작은 샤워실로 데려가는 내내 다퉜다. 파바나에게 조그마한 비누와 샴푸가 쥐어졌고, 샤워커튼 뒤에 가서 샤워하라는 명령이 떨어졌다. 그들은 깨끗한 옷도 주었는데, 푸른색 군복바지와 푸른색 티셔츠, 긴 팔 푸른색 셔츠였다.

"네 옷은 빨아서 돌려줄게."

개의치 않았다. 학교가 사라진 마당에 교복이 무슨 소용이란 말인가.

파바나는 대담하게 아주 오랫동안 목욕을 했다. 물은 시원했고, 비누에선 좋은 향이 났다. 머리를 감으며 부드러운 비누 거품을 즐겼다. 군인들이 빨리 마치라고 채근했다.

파바나는 머리를 헹구고 옷을 갈아입었고, 다시 철창으로 보내졌다. 그동안 철창 안도 깨끗이 치워놓았다. 대걸레로 닦은 바닥은 아직 물기가 마르지 않았고, 데톨 향이 났다. 깨끗한 시트와 담요가 개켜져서, 침대 가장자리에 가지런히 있었다.

네 장의 종이가 침대 위에 놓여 있었다.

교훈을 얻었다.

안전한 것은 아무것도 없다는.

8.
통쾌한 순간

베었을 땐 3가지 중요한 처치가 있다. 상처에서 피가 멈추도록 꾹 눌러줘야 하고, 상처를 깨끗이 한 다음, 상처를 싸맨다. 이런 조치는 감염을 예방해 치료에 도움을 준다. 상처를 깨끗이 하기 위해서는 상처 부위를 흐르는 깨끗한 물에……

파바나는 읽는 것을 도중에 멈추었다. 이것이 상처를 깨끗이 하는 유일한 방법이라면 모든 아프간 사람들은 무서운 감염에 노출되어 생명이 위험한 상태다.

파바나는 노리아 반에 빼곡히 앉은 36명 여학생의 얼굴을 바라보았다. 여학생들은 두 개 조로 나뉘어 앉아 있다. 이 응급처치 수업은 파바나를 위시한 상급반 여학생들은 이미 캐나다 간호사들한테 받았다. 그들은 배운 것들을 어린 학생들에게 알려주어야 하기에, 파바나가 지금 노리아 반 수업을 맡고 있다.

노리아의 반 아이들은 얌전히 있었다. 하지만 가르치는 파바나가 지루할 지경이니, 아이들은 오죽이나 지루할까.

"아마 배운 걸 거의 기억하지 못할 거야. 하지만 아이들은 스스로 건강을 지킬 수 있다는 의식을 갖게 될 거야. 그것만으로도 첫걸음치곤 훌륭하지."

간호사가 말했었다.

요즘 신문에는 탈레반의 공격을 받아 폭파되거나 무너져 내리는 학교들 기사가 수시로 실린다. 이런 공격이 레이라의 희망 아카데미에서 일어난다면 모두 무사해야 할 것이다. 그러려면 스스로, 그리고 서로 돌볼 방법을 알아야 한다.

개교한 지 몇 개월이 지났고, 매일 신입생들이 등록하고 있다. 마을 사람들이 와서 요리와 수놓는 법을 가르치고, 차와 향신료용 허브 건조법도 가르친다. 선생님들 친척 중에는 장미꽃으로 향수를 만드는 방법을 아는 이도, 양봉할 줄 아는 이도 있어서, 그들의 도움을 받는다.

어느 날 엄마는 학교에서 돈을 벌어서 운영비용을 좀 충당할 생각을 하기 시작했다. 아직은 학생들이 학교에서 수업하고 음식을 먹는데 드는 비용은 별문제 없었다.

학교에서만 먹는 아이들이 많았다. 가난한 집 아이들이었기에, 집의 음식은 학교에 다니지 않는 식구들의 몫이었다. 주말을 집에서 보내고, 월요일에 등교한 아이들은 대부분 굶주려 있었다.

엄마는 음식 예산을 조금씩 늘려서, 토요일 하굣길에 음식을 조금 학생들 손에 들려 보냈다.

파바나가 만든 '업적의 벽'은 점점 복잡해졌다. 수학 100점 시험지들, 잘 쓴 글씨들이 잔뜩 붙어 있었고, 새로운 코너도 생겼다. 아주 열심히 공부했거나 선행을 베푼 학생들을 위한 '이주일의 학생' 코너를 운영했다. 엄마는 '이주일의 학생'으로 뽑힌 학생들 부모에게 칭찬의 편지를 보냈다.

학교 밭 채소는 무럭무럭 자랐고, 암탉은 꼬박꼬박 달걀을 낳았다. 아침마다 아프간 국기를 게양했고 여학생들은 국가를 자랑스러운 목소리로 힘차게 불렀다.

단지 노트 필기한 것을 읽는 것만으로는 응급처치를 배우지 못한다. 아이들은 얌전했지만 따분해 졸고 있다. 심지어 노리아도 꾸벅꾸벅이다.

파바나는 고개를 저으며 노트를 책상에 쿵 하고 내려놓았다.

"여기서 베어 본 사람?"

파바나가 물었다.

아이들은 정신을 차리며 손을 들었다.

"베면 어떻게 돼?"

"빨개져요."

한 학생이 말했다.

"피가 나요."

옆의 학생이 말했다.

"그래, 빨간 피가 나지."

파바나가 두 대답을 합쳐서 말했다.

"피를 보면 제정신이 아닌 사람도 있어. 하지만 이제부턴 우린 그러면 안 돼. 어떻게 해야 하는지 알게 될 테니까. 손을 베어 피가 난 사람을 보면 어떻게 해야 하는지 알고 싶은 사람?"

모두 손을 들었다.

"날 도와줄 사람이 필요한데."

모든 손이 그대로 있었다.

순간 파바나의 장난기가 발동했다.

"너희 담임선생님한테 환자가 되어 달라고 부탁하자."

파바나는 맨 앞에 의자를 갖다 놓고는 노리아에게 앉으라는 손짓을 했다.

노리아는 파바나를 빤히 보았지만 거절할 방법을 알지 못하고 와서 앉았다.

파바나는 언니의 손을 들어서 펠트펜으로 손에 표시를 했다.

"너희 선생님이 여기를 베었어. 자 모여 봐. 내가 시범을 보일게."

파바나는 수제 거즈와 붕대로 응급처치 시범을 보였다. 상처를 깨끗이 씻는 방법과 붕대로 말끔하게 싸매는 방법을 보였다.

손에 붕대를 싸맨 노리아가 일어섰다.

파바나는 언니 어깨 위에 손을 얹고는 다시 시작했다.

"가엽게도 너희 선생님 팔이 부러졌어."

여학생들은 파바나가 큼지막한 사각 천을 삼각으로 접어서, 말쑥하게 매듭을 짓는 모습을 홀린 듯이 지켜보았다.

"그런데 커다란 사각 천이 없으면 어떻게 하지?"

파바나가 물었다.

"그럼 좁은 스카프라도 있으면 돼. 이건 스카프로 매듭을 만드는 방법이야."

파바나는 목에 두른 스카프를 사용해서 노리아의 남은 팔을 묶었다.

"아 가엽게도 너희 선생님이 끔찍한 먼지 폭풍을 만나서 눈을 다쳤어."

파바나가 말했다.

"오늘은 이걸로 됐어."

노리아가 피하려고 했지만 학생들의 열광적인 호기심과 맞닥뜨려야 했다.

"선생님을 의사에게 데려갈 때까지 두 눈을 막고, 붕대를 감아줘야, 더 나빠지는 것을 막을 수 있어."

파바나는 즐겁게 사각 거즈를 노리아의 양쪽 눈에 얹고는, 붕대로 머리를 둘러서 감았다.

"붕대를 많이 감으면 감을수록 좋아."

파바나는 붕대를 십자로 감았고, 노리아는 턱을 움직일 수 없어, 한마디도 할 수 없었다.

아주 통쾌한 순간이다.

쉬는 시간을 알리는 종이 울렸다.

"수업이 끝났네. 간식 시간이야."

파바나가 말했다.

아이들은 교실 밖으로 나갔고, 파바나는 잠시 서성거렸다.

후환이 있을 것이다. 아마도 후회할지도 모른다.

하지만 지금 이 순간만큼은 춤을 추고 싶다.

그리고 진짜로 춤을 췄다.

파바나는 교실을 나와서 밖으로 나오는 내내 머릿속으로 춤을 추었다. 이후에 벌로 파바나는 많은 일을 해야만 했다. 몇 시간 동안 밭일을 했고, 화장실과 주방, 닭장을 청소했다. 한참을 일해서 땀범벅이 되었고, 피곤해서 몸이 쑤셨다. 2주 내내 한시도 못 쉬고 일했다.

하지만 후회하지 않았다.

9.
여성 고문가가 되는 훈련

파바나는 하루하루가 지나가는 것을 놓치지 않으려고 안간힘을 썼다.

어려운 일이다. 천장의 불은 항상 켜져 있었고, 식사는 불규칙한 간격으로 들어왔다. 어떨 때는 먹은 지 얼마 안 되었는데 들어오고, 어떨 때는 먹고 한참이 지나서야 왔다.

파바나는 밤낮 구별 없이, 시도 때도 없이, 철창 밖으로 끌려나갔다. 한 번은 작은 방에 앉아 있는데, 아주 오랜 시간 감시병이 지키고 있었다. 그러고는 다시 철창으로 데리고 왔다. 잠시 뒤 쾅 하고 문이 열리더니, 다시 파바나를 끌고 같은 작은 방으로 데려가서는 같은 감시병이 아무 말 없이 지켰다. 똑같이 끝이 없이 지루한 시간이 흘렀다.

파바나는 감시병이 점심을 먹거나 화장실에 갈 때면 자신을 감방으로 데려온다는 낌새를 눈치챘다. 하지만 누군가에게 물어볼 수는 없었다.

파바나는 오랫동안 딱딱한 의자에 침묵하며 앉아서 꾸벅꾸벅 졸곤 했다. 그러면 감시병이 야구 방망이로 파바나 머리 옆 벽면을 쾅 하고 내리쳤다. 그러면 파바나는 파르르 떨면서 눈을 뜨며 깨어났다. 심장이 터질 것만 같았다.

그들은 이런 행위를 계속했고, 결국 파바나는 지쳐서 두 다리에 벌레가 우글우글 기어오르는 착각에 빠져들었다. 그때 다시 파바나를 철창에 데려왔다. 파바나는 간이침대에 고꾸라졌다. 그들은 나갔고, 파바나의 지친 몸은 긴장이 풀리며 잠 속으로 빠져들었다. 잠시 뒤 다시 문이 쾅 하고 열렸고, 다시 끌려나가 딱딱한 의자에 앉혀졌다.

파바나를 끌고 간 감시병들은 여군이다. 여군들은 강했다. 그들에게 양팔을 붙잡힌 채 옆에서 걸을 때면 마치 강철로 만든 생명체 옆을 걷는 기분이다. 이렇게 끌려나가면 그저 다치지 않기를 바랄 뿐이다.

이제껏 파바나를 때린 여군은 없었다. 남자 군인들은 그렇다고 할 수 없다. 그들에겐 여러 번 맞았다. 어떤 남자 군인들은 탈레반과 함께 와서 협박했다.

하지만 여군에 대해서도 긴장을 늦추지는 않았다. 아부그라이브 교도소의 여군들이 이라크 죄수들에게 끔찍한 고문을 가하는 사진을 본 적이 있다. 여자들도 맘만 먹으면 남자들과 똑같이 고문할 수 있다.

의자에 앉은 파바나는 이런 생각에 빠져 있다. 마음이 진정되고 위로가 되는 생각이라면 어떤 것이든 붙잡아야 한다. 그렇지 않으면 모든 신경이 고통과 공포, 외로움, 피로 등에 집중될 테니까.

서양 여성들은 원하는 것을 마음대로 선택할 수 있다는데, 왜 하필 여성 고문가를 하겠다고 선택했을까?

어떻게 여성 고문가가 되는 훈련을 받았을까? 인간 해부학을 공부한 것일까? 연습은 인형으로 했을까? 누군가의 비명을 녹음해서 몇 시간이고 계속해서 들어서, 진짜 비명을 들었을 때는 아무렇지도 않았을까?

이런 식으로 파바나는 서로 다른 각도에서 생각하며 꼬리에 꼬리를 무는 생각을 이어갔다. 그러다 문득 자신도 좋은 고문가가 될 수 있을지 없을지에 대한 궁금증이 생겼다.

이런 생각은 또 다른 생각을 이끌어냈다.

파바나는 다시 고개를 끄덕이며 졸았다. 턱이 가슴에 닿자마자, 야구 방망이가 파바나 머리 옆 금속 벽을 강타했다. 깜짝 놀라서 깨어났고, 야구 방망이가 산산이 조각났으면 좋겠다고 생각했다.

야구 방망이야 많겠지, 라고 파바나는 생각했다.

아마도 그들은 사람들을 깨우는 데 사용할 야구 방망이를 헛간에 가득 채워 놓았을지도 모를 일이다.

다시 잠에 빠지는 것을 막기 위해서 노리아 생각을 하기로 했다. 편지가 왔던 그 날 일을.

10.
두 통의 편지

첫 번째 편지는 아침에 왔다.

학교에선 먼지 퇴치 작업이 한창이었다.

먼지 퇴치란 먼지와 모래를 학교 밖으로 내보내는 일을 말한다. 학교가 사막화되기 일보 직전이라, 이 고된 작업은 끝이 보이질 않았다. 여학생들은 2조로 나뉘어서 1조는 교실과 복도를 쓸고, 2조는 창틀과 테이블을 닦았다.

파바나는 제일 잘하는 카펫을 터는 일을 했다. 빨랫줄에 크고 작은 카펫을 널고는, 몽둥이로 두들겼다. 흙과 먼지구름이 허공에 피어올랐다. 일을 얼마 못했는데, 바닥에 주저

앉아 재채기를 했고, 웃었고, 고개를 흔들어 먼지를 털어냈다.

마르얌은 댄스 스텝을 밟으면서 청소했다.

"지금은 먼지 퇴치 수업이지 댄스파티가 아니야."

파바나가 말했다.

"지저분한 것 다 치웠어."

마르얌은 두 손을 꼬는 동작을 하면서 말했다.

"빗자루질도 해야 해."

"빗자루가 없어."

"빗자루가 없다고?"

파바나는 춤을 추던 동생의 손을 잡고는 학교 모퉁이로 데려갔다.

"적어도 창고에 처박아 놓은 빗자루 하나쯤은 찾을 수 있을 거야."

창고는 학교 뒷마당에 있었는데, 기증받은 샌들 상자를 비롯해 농사짓는 연장들까지 다 넣어 두는 곳이다.

파바나는 창고 문 앞에 다다랐다. 문은 자물쇠로 채워져 있었다.

"창고 열쇠는 누가 관리하지?"

파바나가 물었다.

"파히르 경비 아저씨가. 빗자루 없다니까."

"가서 경비 아저씨한테 열쇠 가지고 여기로 오시라고
해."

"언니가 해."

마르얌은 이렇게 대답하고는 춤을 추며 사라졌다.

"이건 엄마의 생각일 거야."

파바나는 경비실로 향하면서 중얼거렸다.

"엄마는 모든 것을 스스로 통제하기를 바라지. 믿을 수
있는 사람이 아무도 없다고 생각하는 거야 뭐야."

파바나는 파히르 경비 아저씨가 마당을 가로질러서 뛰어
오는 것을 보았다.

"아저씨, 이 창고 열쇠 갖고 계세요? 마르얌이 빗자루가
필요해서요."

"빗자루? 이 창고엔 빗자루가 없는데."

"저, 제 동생은 할 일이 필요해요. 왜 창고 문을 잠가 놓는
거죠?"

"그래야 아이들이 못 들어가지."

"학생들이 들어가면 안 된다고요? 원래는 잠가 놓지 않았
잖아요. 거기엔……"

"편지가 왔어."

경비 아저씨는 갈색 편지봉투를 들어 보이며 파바나의 말을 중단시켰다.

전쟁이 끝나고 우편 서비스가 다시 시작되었다. 하지만 편지를 받는 사람은 드물었다. 파바나는 한 번도 편지를 받아본 적이 없다. 샤우지아에게 수년 동안 수많은 편지를 썼지만 부친 적은 없었다. 친구가 어디 사는지도 몰랐으니, 그 편지들은 아버지의 낡은 숄더백에 그대로 있었다.

"미국에서 온 거야."

"누구한테요? 저한테요?"

파바나는 한순간 샤우지아로부터 온 편지를 받는 환상에 잠겼다. 샤우지아는 프랑스의 라벤더 들판을 떠나서 지금은 미국의 옥수수 들판에 앉아 있다고 적힌 편지를 받는 공상을.

경비 아저씨는 파바나에게 봉투를 건넸다.

"노리아 선생님한테 온 거야. 창고 안은 내가 찾아볼게."

파바나는 걸으면서 편지봉투를 뚫어지게 보았다.

왜 노리아가 미국에서 편지를 받은 걸까? 뜯어보고 싶은 유혹을 억지로 버티며 노리아 반으로 갔다.

노리아는 먼지 퇴치 작업을 지시하고 있었다.

파바나는 노리아 팔을 툭 건드렸다.

"언니한테 온 거야."

"나 바빠."

"그럼 미국에서 온 이 편지 불구덩이에 던져 버린다."

노리아가 편지봉투를 빼앗아서 그것을 보았다.

"왔어."

"뭔데?"

"엄마는 교장실에 있니?"

"그걸 내가 어떻게……"

노리아는 파바나의 대답도 기다리지 않고, 편지봉투를 들고는 교실을 뛰쳐나갔다.

파바나는 종이 울릴 때까지 그 반 아이들을 감독하고는 서둘러서 노리아를 찾아 나섰다.

노리아는 교장실에 있었다. 두 사람은 깊은 대화를 나누고 있었고, 편지봉투는 뜯긴 채로 편지지가 책상에 펼쳐져 있었다.

파바나가 교장실에 들어갔는데도 관심조차 보이지 않았다.

"뭔데 그래? 편지에 뭐라고 쓰여 있는데?"

파바나가 물었다.

노리아가 얼굴을 들었다. 얼굴엔 기쁨과 흥분이 가득했

다. 한 번도 보지 못했던 표정이다.

"뉴욕대학에서 온 거야."

벌떡 일어선 노리아는 파바나를 끌어안았다. 노리아 답지 않은 행동이다. 심지어 소리를 지르며 말했다.

"학교 입학을 허가한대! 학비도 다 내준대. 난 미국에 간다고!"

미국이라고!

믿기지 않았다. 노리아 몸에서 떨어진 파바나는 편지를 잡아챘다.

우린 당신이 전체 장학금으로 뉴욕대학의 비지팅 스칼러 프로그램에 입학할 수 있다는 것을 말하게 되어 기쁘다.

노리아는 파바나가 편지를 다 읽기도 전에 낚아챘다.

미국에 간다고! 그것도 그냥 미국이 아니라 뉴욕에! 센트럴파크, 엠파이어스테이트 빌딩, 자유의 여신상. 한 번도 가보지 못한 거리에서 새로운 것을 보게 된다고!

"우리 언제 가요?"

파바나가 물었다.

"한 시간이면 준비할 수 있어요. 아니 30분, 2분 안에라도 떠날 수 있다고요!"

파바나가 챙길 것은 아버지의 숄더백이 전부였다. 다른 것은 신경 쓸 필요도 없다. 그렇게 큰 도시에 가면 일거리를 구할 수 있을 것이고, 돈을 벌면 필요한 것을 살 수 있다.

"우리가 살 근처에 지하철이 있어요?"

아, 지하철 근처에 산다면 얼마나 멋질까!

순간 파바나는 엄마와 노리아가 자신을 빤히 보고 있다는 것을 깨달았다. 노리아의 표정엔 냉소와 즐거움이, 엄마의 표정엔 동정과 어이없음이 묻어 있었다.

"넌 아무 데도 안 가. 이 편지에 적힌 이름은 바로 내 이름이야. 나만 간다고."

노리아는 파바나의 얼굴 코앞에 편지를 흔들면서 말했다.

"나도 갈 거야. 왜 언니는 가고, 난 남아야 해? 어떻게 저들이 언니를 찾아낸 건데? 그렇게 특별한 게 뭔데? 언니가 하는 거라고는 머리 빗는 거밖에 없잖아!"

파바나는 자신이 애걸하고 있다는 것도 신경 쓰지 않았고, 네 살짜리 어린애처럼 군다는 것도 알고 있었지만 멈출 수 없었다. 파바나는 편지를 내던졌다. 노리아의 저 비웃는 얼굴에 맞기를 희망하면서.

"엄마와 내가 신청했어. 전쟁에서 받은 고통이 너무 컸기 때문에."

"너무 고통스러웠다고? 언니가 한 일은 머리를 감고, 또 감고, 또 감는 일이었다고. 내가 밖에 나가서 물을 길어왔기 때문에 잘 알지!"

"그만해!"

엄마가 의자에서 일어나서 교장실 문을 닫았다.

"몇 달 전에 신청서를 보냈어. 우리도 신청이 받아들여질지는 몰랐는데, 이렇게 입학허가서가 오니, 참으로 기쁠 수가 없다."

엄마가 말했다.

"왜 저는 신청 안 했어요?"

"넌 너무 어려서. 학교를 제대로 다니질 않아서 신청 자격이 안 돼. 자, 생떼 쓰지 말고, 언니한테 축하해줘."

엄마는 확고하게 말했다.

파바나는 의기양양한 노리아를 보면서 머릿속에 노리아를 위해서 행복 해줄 공간이 있는지를 생각해보았다.

"게다가 넌 심지어 분수도 제대로 못 하잖니."

이 말이 파바나를 자극했다.

"할 수 있다고요."

이제 파바나는 분수 곱셈도 나눗셈도, 분수를 소수로도

전환할 수 있다. 노리아도 알고 있다.

"노리아는 지식인이 되어서 아프가니스탄으로 돌아올 거야. 언젠가는 이 학교를 물려받게 될 거고."

엄마가 말했다.

"그때 네가 날 도우면 되겠네!"

노리아는 이제껏 파바나가 본 것 중에 가장 거들먹거리며 말했다. 하니파와 샤리파를 합친 거들먹보다 더 불쾌한 것이었다.

"언니를 위해선 절대로 일 안 해!"

파바나는 두 주먹을 불끈 쥐었는데, 너무 꽉 쥐는 바람에 손톱이 손바닥을 뚫고 나올 지경이었다.

"내 생각엔, 뉴욕대학이 내게 장학금을 주어야겠다고 마음을 움직인 곳은 내가 탈레반 통치 시절에 남장을 하고 가족을 먹여 살리려고 밖에 나가 일했다는 부분인 것 같아."

노리아가 말했다.

순간 파바나가 노리아를 향해 돌진하려는데, 엄마가 가로막았다. 그때 파바나는 엄마와 노리아 사이에 자신이 설 공간이 전혀 없음을 확실히 인식했다.

"그건 내 인생이야! 내 인생을 훔친 거라고!"

파바나는 문을 박차고 나와 바깥으로 뛰었다. 재미난 광경을 지켜보던 학생들을 지나쳤다.

카펫을 두들기던 곳으로 돌아온 파바나는 분노로 힘차게 카펫을 공격했다. 어느 한 시점에서 몽둥이를 너무 세게 휘두르는 바람에 몽둥이는 벽 너머로 휙 넘어갔다.

파바나는 그 몽둥이가 누군가의 머리에 맞았으면 좋겠다고 생각했다. 누군가를 다치게 하고 싶다는 욕망이 솟구치며 올라왔다.

하지만 일어난 일이라고는 아직 청소할 카펫이 남아 있다는 것뿐이었다. 파바나는 운동장을 나와서 학교 담을 빙 돌아 걸어가, 떨어진 몽둥이를 주웠다. 이즈음 분노는 사그라졌고, 머릿속이 텅 비어 아무런 생각도 나질 않았다.

두 번째 편지는 밤에 도착했다.

파바나는 수업에 빠졌고, 저녁도 먹으러 나타나질 않았고, 심지어 밤에 잠을 자러 방에 오지도 않았다. 끔찍한 노리아와 뉴욕에서 사 올 길고 긴 선물 목록을 만들고 있는 마르얌 사이에서 파바나는 자고 싶지 않았다.

엄마는 파바나를 그대로 두었다. 다른 사람들도 마찬가지였다.

아시프를 제외한 모든 사람이 파바나를 건들지 않았다.

아시프는 난과 병아리콩, 차 한 잔을 들고 와서는, 파바나 어깨에 담요를 둘러주었다.

"나도 노리아 누나가 좋진 않아."

아시프의 말은 이게 다였다. 하지만 이것으로 충분했다.

파바나는 '레이라의 희망 아카데미' 간판에 기대어 잤다.

밤하늘의 별 아래에서 잤다. 파바나는 땅 위에서 자는 법을 알고 있다. 푹신한 매트리스가 좋긴 하지만 꼭 필요한 건 아니다. 담요만 있으면 끝이다.

늦은 밤, 파바나는 다시 걸어서 세상을 돌아다니는 것에 대해서 생각했다.

아프가니스탄의 야생 여자아이가 되는 건 어떨까? 사람들에게 쓱 나타났다가 번쩍 사라지는. 전설이 탄생할 텐데 말이다.

"야생 소녀가 어젯밤에 여기 왔었어. 옆집 닭 한 마리가 사라졌다고."

"야생 소녀가 우물에서 물을 끌어왔어. 올해엔 운수대통일 것 같아!"

세월이 흐르면 야생 소녀에서 야생 여성이 될 것이다. 그러고는 야생 할머니가 되겠지. 아마도 굉장히 오래 살 것이다. 신선한 공기를 마시고, 몸도 많이 움직이고, 결혼도 하지 않을 테니까. 자기 삶의 주인공이 되어, 행복하게 살 것이다.

파바나는 보름달이 뜬 높은 산꼭대기에서 101살이라는 나이로 죽음을 맞는 장면을 상상했다. 그때 자동차 소리가 들렸고, 학교 앞에 멈추어 섰다. 자동차 문이 열리더니, 뭔가가 학교 담 너머로 날아왔다. 그것은 파바나 발 근처 바닥에 떨어졌다. 차 문이 닫혔고, 자동차는 빠르게 사라졌다.

파바나는 날아온 그 물건을 바라보았다.

벽돌만 한 돌이었다.

종이가 돌에 줄로 묶여 있었다.

파바나는 그것을 들어, 끈을 끊고, 종이를 폈다. 너무 어두워서 읽을 수가 없었기에 주방으로 갔다. 서랍에서 성냥을 꺼내서 하나를 그어, 종이에 비치며 글을 읽었다.

학교를 닫아라, 그렇지 않으면 대가를 치르게 될 것이다.
학교를 닫아라, 그렇지 않으면 우리가 너흴 죽일 것이다.

파바나는 성냥불이 손가락 끝에 닿자, 불어서 불을 끌 때까지 그 글을 읽고 또 읽었다.

그 순간 그리고 마침내, 파바나는 노리아가 이곳을 떠난다는 것이 다행이라고 생각했다.

11.
아련한 편지

샤우지아에게,

네 모습이 점점 가물가물해져서 기억이 잘 안 나……

내 삶은 먼지고, 바위고, 무례한 소년이고, 비쩍 마른 아기고, 그리고
어디 있는지 전혀 짐작도 못 하는 엄마를 찾아다니는 길고 긴 나날들
이야.

파바나는 서서 통역이 오래전에 친구에게 쓴 편지를 읽
는 것을 들었다. 다리어로 쓰인 편지다. 편지의 내용이 통역
사의 입을 통해 영어로 나오자, 몹시 낯설게 느껴졌다.

"누가 쓴 건지 무척 슬프군. 어떻게 생각하나, 하사? 거기 나온 샤우지아가 실재 인물이라고 생각하나?"

소령이 말했다.

"이 노트는 단순한 일기장인 것 같습니다. 일기장에 자기한테 애칭을 붙이는 여자아이들이 많습니다. 안나 프랭크도 자신을 키티라고 불렀습니다."

"어릴 때 누나 일기를 읽은 적이 있지. 무의미한 것들뿐이었어. 온통 얼마나 자신의 머리카락이 싫은지, 얼마나 자신의 두 다리가 미운지, 얼마나 자신의 코가 못생겼는지, 아무도 자신을 좋아하지 않을 거라는 확신 등에 관한 것이었지. 하지만 이것으로 놀리진 않았어. 내가 누나가 자기 자신에 대해서 불평불만이 많다는 것을 알고 있다는 걸 알리고 싶진 않았으니까. 일기장엔 내가 누나에 대해 알고 싶은 것보다 훨씬 더 많은 정보가 있었지."

소령이 말했다.

"이해합니다, 소령님."

"계속 읽게, 하사."

하사는 샤우지아 편지를 모두 읽었다. 파바나는 사생활을 침범받은 것이 끔찍했고, 분노마저 일었다.

샤우지아에게,

우린 다시 길로 돌아왔어. 마치 처음 떠돌이 생활을 하는 기분이야.

아마도 푸른 계곡은 꿈이었나 봐. 이제 꿈은 그만 꾸어야겠어. 꿈꾸는

것마다 모두 쓰레기로 변하잖아.

"꿈이 쓰레기로 변한다."

소령이 하사가 읽은 문장을 다시 되뇌었다.

"사람들이 환멸을 느끼게 되면 쉽게 폭력으로 바뀌지. 전

에도 보았잖은가, 하사?"

"예, 그렇습니다."

하사는 페이지를 넘겨서 계속 읽었다.

샤우지아에게,

난민촌에 라디오를 갖고 있는 사람이 있는데, 탈레반이 물러나고, 카

불에 새로운 정부가 들어섰다는 거야. 여기저기서 수군거렸어. 어떤

사람들은 상황이 좋아질 거라고 하고, 어떤 사람들은 더 나빠질 거

라고 했어. 또 외국 군대가 아프간 사람들을 모두 죽이고, 아프간을

차지할 거라고 주장하는 사람들도 있어. 소문은 전염병보다도 더 빠

르게 퍼져 나갔어. 앞일을 아무도 알 수 없었지. 하지만 난 알아. 카

불에서 중요한 사람들이 무슨 짓을 하든, 나 같은 여자애들, 혹은 버

려졌거나 진흙 속에서 사는 여자아이들을 생각하진 않는다는 것을.

하사는 페이지를 넘겼다.

샤우지아에게,

나는 외국 군대가 싫어. 오늘 신문에 외국 군대의 미사일이 마을을 폭격했고, 그곳 아이들이 다 죽었다고 했어. 어제는 교장실로 군인이 찾아왔어. 내가 문 뒤에서 엿들었는데, 군인이 엄마에게 선생님들 정보를 내놓으라고 협박했어. 엄마는 자신의 임무는 학교를 운영하는 일이지, 군대 스파이 노릇이 아니라고 했지. 또 엄마는 그 군인에게 학교를 파괴하고 교사를 죽이고 죄 없는 사람들을 괴롭히는 사람들을 쫓는 데나 시간을 쓰라고 충고했지. 그러고는 그를 급하게 교무실 문밖으로 내쫓았어. 하마터면 나랑 부딪힐 뻔했다니까. 엄마는 그 군인에게 몹시 화가 난 나머지 나한테 엄청난 일거리를 주었어. 내가 외국 군인을 싫어하는 또 다른 이유야.

"상당히 화가 난 것 같은데, 하사. 그 애를 테러리스트로 만들 만큼 충분하지 않나? 내 생각엔 우리가 여기서 찾은 것 같은데."

파바나는 가만히 서서 자신을 향해 분출되는 자신의 인

생을 듣고 있어야 했고, 한마디도 이해하지 못하는 척해야
만 했다.

12.
악마들이 운영하는 학교

"작동법 좀 알려줄래요?"

파바나는 작은 양복점에서 엄마와 아시프 옆에 서 있다.
재단사는 테이블에서 의자를 끌고 와서, 엄마보고 앉아서
직접 해보라는 시늉을 취하고 있다.

파바나는 피식 웃었다. 엄마는 전에는 능력 있는 저널리
스트였었고, 지금은 학교 교장선생님이다. 능력이 많은 엄
마지만 재봉틀은 다룰 줄 모른다.

엄마는 인상을 찡그리며 아시프에게 고개를 끄덕였다. 아
시프도 재봉틀을 한 번도 다뤄본 적은 없지만 재봉틀 앞에

앉으면 1분 안에 알아낼 만큼 능력이 탁월하다.

"전기가 아닌 페달로 작동해. 발만 움직이면 되지."

재봉사가 말했다.

아시프는 자리를 고쳐 앉고는, 하나 남은 발로 페달 중앙을 밟았다. 일렬로 한 땀 한 땀 질서정연하게 꿰매어졌다.

"툭 튀어나온 것이 기어네요."

아시프가 말했다.

"기름 한 방울만 칠하면 새것처럼 작동될 거야."

"그렇군요. 다른 것도 볼 수 있나요?"

아시프가 답했다.

재단사는 다른 재봉틀을 보여주었다. 학교에서 재봉틀 수업을 신설할 예정이다.

"아시프가 결정할 거예요. 우린 옷감을 사야 해서."

파바나와 엄마는 시장으로 향했다. 옷감 골목은 색색의 다양한 천들이 마치 나뭇가지처럼 걸려 있었다. 엄마는 작은 가게에 가서 옷감을 이것저것 고르며 상인과 오랫동안 옷감 이야기를 나누었다.

개교하고 1년이 지났고, 신학기가 막 시작할 시기였다. 노리아는 이미 뉴욕으로 떠났다. 노리아는 떠나기 전 3주

동안 파바나에게 완벽하게 잘했다.

노리아가 떠나고 엄마는 4일 내내 울었다. 그러고는 정신 없이 바빴다. 그래서인지 엄마는 사람은 모름지기 바빠야만 한다고 주장했다. 파바나와 마르얌, 아시프는 학교를 청소하거나 페인트칠하고 수업 준비를 하지 않을 때는 밭을 가꾸었다. 또 그들은 매일 야간자율학습에 참여했다.

이제 파바나는 분수 공식을 모두 마스터했기 때문에 수업에 대한 부담은 전혀 없었다. 파바나는 열심히 공부해서 중학교 과정을 무난히 통과했고, 고등학교 수업을 시작했다.

"이 속도로 간다면 넌 고등학교도 금방 졸업할 거야. 또래보다 속도가 아주 빠르구나."

엄마가 말했다.

파바나는 파리 소르본에서 장학금을 받을 새롭고도 비밀스러운 계획을 세웠다. 그럼 샤우지아를 만날 수 있을 테고, 노리아보다도 더 부유하고 성공한 삶을 살 수 있을 것이다.

노리아는 "뉴욕에 놀러 와. 내 아파트 창문에서 자유의 여신상이 보이거든."이라고 편지를 보내왔고, 파바나는 "자유의 여신상이 멋지긴 하지. 그런데 파리에는 에펠탑이 있어. 무슨 말이냐 하면 나에겐 에펠탑이 있다고. 그렇다니까,

나는 에펠탑과 똑같은 집을 지어서, 지금 그곳에서 살고 있다고."라고 답장했다.

엄마가 옷감을 고르는 동안 파바나는 에펠탑을 스케치하고는, 탑 중앙에 집을 그렸다. 마치 트리하우스 같은데, 라고 생각했다. 사면에 큰 창문을 내어서 밖을 훤히 내다볼 수 있다. 그리고 벽마다 '파바나의 집 & 웰컴 샤우지아'라고 쓰인 커다란 현수막을 걸어놓을 것이다.

커다란 그네를 하나 추가하고 있는데, 엄마와 부딪혔고, 그 바람에 펜을 떨어뜨렸다.

"거기 서 있지 말고, 도움 될 일을 해봐."

이 말은 아무 의미가 없는 엄마의 자동 반사적인 말이다. 엄마는 옷감 사는 데 거들기를 바라지 않는다. 그저 옷감을 샀을 때 들어주기만을 바랄 뿐이지.

파바나는 떨어진 펜을 찾으려고 고개를 숙였다. 분명히 떨어지는 소리를 들었는데, 보이지 않았다. 계속 바닥을 두리번거리다 결국 가게 주인 발밑에서 펜을 보았다.

아저씨한테 주워달라고 하진 못하겠는걸, 이라고 생각했다. 가게 아저씨는 이미 화가 날 대로 나 있었다. 엄마는 쉬운 고객이 아니니 그럴 만도.

파바나는 기다렸고, 엄마는 선반 꼭대기에 있는 천을 보여달라고 했다. 주인이 사다리를 옮기다가 뜻하지 않게 펜을 발로 차는 바람에 펜은 골목으로 굴러갔다. 파바나는 펜을 쫓아갔다.

파바나가 펜이 굴러간 곳에 도착하자, 펜은 또 다른 발에 차여서 이리저리 시장 안을 굴러다녔다. 우스꽝스러운 모습이다. 다 자란 여자애가 펜을 쫓고 있는 모양새라니. 마침내 펜은 이불 가게 벽에 부딪히며 멈추었다, 파바나는 몸을 구부려 펜을 집었다. 몸을 일으키려는데, 심장이 터질 것만 같았다. 큼지막한 벽보가 붙어 있었다. 글자는 크고 명확했고, 분노를 품고 있었다.

레이라 학교에 딸을 보내는 부모들에게,
이 학교는 악마들이 운영하고 있다.
계속해서 딸들을 이 학교에 보낸다면 너희 역시 악마다.
악마는 파괴되어야만 한다.
경고를 명심하라.

파바나는 응시하고 또 응시했다. 움직일 수가 없었다.
"너 거기 있구나!"

엄마가 짐을 한 아름 안고 뒤에 와서 섰다.

"이것 좀 받아라. 넌 정말로 하산과 마르얌이 일으키는 말썽을 합친 것보다 더 심각하구나. 네가 돌아다니지 않는다고 믿을 수……"

그 순간 엄마도 벽보를 보았고, 말을 멈추었다.

파바나는 펜을 주머니에 넣고는, 벽보를 찢으려고 했다. 풀로 단단히 붙어 있어서, 손톱으로 아무리 긁어도 잘 찢어지지 않았다.

"파바나, 이리와."

엄마가 파바나를 잡아당겼다.

파바나는 펜을 꺼내서 벽보를 긁어서 없애려고 했다. 제대로 효과가 없자, 벽보 전체에 낙서를 하기 시작했다.

"파바나, 그만해!"

엄마는 파바나 팔을 꽉 잡고는 세게 당겼다. 그때야 파바나는 자신이 사람들에게 둘러싸였다는 것을 깨달았다. 남자들이 파바나와 엄마를 반원으로 둘러쌌다.

파바나는 지난번 실수로 깨달은 것이 있었다. 이번에는 도망치지 않았다. 대신에 남자들 얼굴을 하나하나씩 빤히 쳐다보았다.

"예언자 마호메트께서 성스러운 코란에 말씀하시길, 남

자와 여자가 모두 교육받을 수 있다고 하셨어요. 우리 학교
에서 무슨 일이 이루어지는지 걱정이 된다면 와서 직접 보
세요. 학교가 어디 있는지 아시잖아요. 교문에 와서 저를 찾
으세요. 제 이름은 파바나예요. 제가 직접 학교를 안내해 드
릴 테니."

파바나의 손가락이 헐거워진 벽보 가장자리에 닿았고. 그
곳을 힘껏 잡아당겼다. 벽보는 깔끔하게 제거되었다. 끔찍
한 메시지는 아무도 볼 수 없게 되었다.

"엄마, 짐 들어 드릴게요."

파바나가 엄마로부터 옷감 꾸러미를 넘겨받으며 말했다.
그러고는 엄마의 팔짱을 끼고는 걷기 시작했다. 파바나는
엄마가 떨고 있음을 느낄 수 있었다.

남자들은 파바나와 엄마를 그대로 두었다.

그들에게서 멀어지자, 파바나는 승리감에 도취되었다. 저
남자들은 지금 파바나의 얘기로 꽃을 피울 것이다. 그들은
파바나가 한 말에 대해서 말하고는 "저 용감한 여자아이 말
이 맞아! 교육은 모든 사람이 받아야 할 의무야."라고 덧붙
일 것이다.

아버지는 나를 작은 말랄라이라고 부르곤 했어. 지금 자
신은 말랄라이처럼 사람들을 전쟁으로 이끌지는 않았지만,

교육으로 이끌고 있다.

파바나는 등을 쭉 펴고, 고개를 높이 쳐들었다. 그때 또다른 벽보가 보였다. 경고는 어디에나 있었다. 벽 위에, 표지판 위에, 기둥 위에.

사방을 둘러보면서 파바나는 경고 문구들을 보았고, 증오심에 불타며 걸었다.

시장을 모두 불태워서라도 경고 문구를 다 없애버릴 거야, 라고 생각했다.

좀 전에 얻었던 자신감은 완전히 사라졌다. 아시프는 택시에 아까 그 재봉틀을 싣고는 그들을 기다리고 있었다.

아시프는 파바나의 얼굴을 한 번 보더니, 그들을 태우고 서둘러 그곳을 벗어났다.

그들만의 세상인 높은 학교 담 안으로 들어서자, 처음으로 파바나는 감사하다는 생각이 들었다.

13.
탈출

파바나는 다시 작은 사무실에 불려와 서 있었고, 같은 감
시병의 감시를 받고 있다.

힘든 하루였고, 몹시 지쳤다. 너무 피곤해서 정신을 교란
할 어떤 생각도 끄집어낼 수 없었다.

그들은 파바나의 일상을 계속해서 바꾸었다. 그래서 무슨
일이 진행되고 있는지, 혹은 다음에 어떤 일이 벌어질지 도
통 감을 잡을 수 없게 만들었다. 이런 상황에서 긴장을 풀
수는 없었다.

그들은 파바나에게 할 수 있는 새로운 고문을 계속해서

생각해냈고, 잠을 허락지 않았다.

가장 최근 고문은 음악이었다. 독방에 음악이 울려 퍼졌다. 그것도 아주 크게. 같은 노래를 반복해서 틀고 또 틀고 또 틀었다. 첫사랑에 관한 노래였다. 노래가 끝나면 처음부터 다시 시작되었다.

생각을 정리할 조용한 장소는 없었다. 오직 첫사랑, 첫사랑, 첫사랑만이 반복적으로 울려 퍼졌다.

미쳐버릴 것만 같아, 아무리 노력해도 안 돼, 몇 년 전에 비탈길에서 만난 여자와 같아, 그 여자가 하는 일이라고는 앉아서 슬퍼하며 사람들로부터 멀어지는 것이었잖아.

그 여자는 아직도 거기에 있을까? 아마 자신도 옆 비탈길에 앉아서 슬퍼할 수도 있다. 함께 동질감을 느끼며.

그때 질문하는 남자와 통역하는 여자가 사무실로 들어왔다.

"자넨 나가게."

남자가 감시병에게 말했고, 그는 경례를 하고는 바로 나갔다.

두 사람은 커피가 든 종이컵과 책 한 권씩을 들고 있었다. 남자는 뚜껑이 열린 도넛 박스를 들고 와서는, 책상에 올려놓았다. 그들은 각자 자리에 앉아서, 책장을 넘기며 책을 읽기 시작했다. 책을 보자, 파바나는 마음의 동요가 일었다.

겨우 마음을 누그러뜨리자, 도넛이 시야에 들어왔다. 한 상자에 6개가 들어 있다. 두 개는 하얀 슈가 파우더가 뿌려져 있고, 다른 두 개는 초콜릿 아이싱이, 나머지 두 개는 색색으로 점점이 뿌려진 핑크 아이싱이 박혀 있다.

누가 어느 도넛을 먼저 먹을까? 라고 상상했고, 추측이 맞아떨어지자, 기뻤다. 여자는 초콜릿 도넛을 집어 들었고, 남자는 슈가 파우더 도넛을 골랐다. 이 도넛에서 뿜어져 나온 빨간 젤리 덩이가 남자의 부츠에 떨어졌지만 그는 개의치 않았다. 그들은 커피 컵 뚜껑을 열고는 다시 책을 읽어 내려갔다.

순간 파바나는 그들이 읽는 책을 흘긋 보았다.

남자는 존 르 카레가 쓴 『콘스탄트 가드너The Constant Gardener』를 읽었다. 처음 보는 책인데, 제목이 마음에 들었다. 파바나도 성실한 원예사가 되고 싶다는 생각이 들었다. 종일 땅을 파고, 식물을 심고, 물을 주고, 수확하고.

줄곧 십대 여자아이에게 미친 듯이 질문을 던지던 남자가 선택한 책치고는 좀 의외였다. 어쩌면 그도 정원사가 되고 싶을지도 모르지, 라고 생각했다.

이번에는 여자가 읽는 책을 보았다. 샤롯 브론테가 쓴

『제인 에어Jane Eyre』를 읽고 있다. 처음 보는 책이다. 제목만 봐서는 무슨 내용인지 전혀 짐작할 수 없었다.

두 군인은 앉아서 커피를 마시며 책을 읽고 있다. 파바나는 무시한 채로.

신경 쓰지 않았다. 오히려 조용한 것이 고마웠다. 파바나는 고요함을 커다란 자루에 담아서 다니고 싶었다. 그리고 성실한 정원사가 되고 싶다는 생각을 한 것은 참 잘한 일인 것 같다. 파바나는 어떤 종류의 정원을 꾸밀지를 고민하기 시작했다.

정원을 가꾸는 일은 마을을 계획하는 것과 비슷하다. 정원은 사용하기 편리할 뿐만 아니라 모양도 좋아야 하고, 느낌도 좋아야 한다. 파바나의 머릿속은 온통 오솔길과 벤치들, 토마토, 콜리플라워로 가득했다.

종이컵의 커피가 비워지고, 도넛 상자에 부스러기만이 남았을 때 남자와 여자는 책을 내려놓고, 다시 파바나에게 돌아왔다.

"철창생활이 어때?"

남자가 말했고, 여자가 통역했다.

"아마도 너에겐 파라다이스일 거야. 잘 침대도 있고, 실내 화장실도 있고. 매일 음식도 주고. 이것이 네가 말 안 하는 이유니? 계속 철창에서 살려고?"

남자는 중단했다. 마치 진짜로 대답을 기다리기라도 하듯이. 그러고는 계속했다.

"그런 생각이라면 다시 생각하는 게 좋을 거야. 우리가 평화사업을 하고 있지만 그것이 너처럼 고집스러워서 말 한마디 안 하는 여자애한테 멋진 집을 제공해주는 사업은 아니야. 우리 인내심에 한계가 오고 있어. 지금 당장은 멋진 개인 독방이겠지, 우리와 같은 맛있는 음식을 먹고, 개인 화장실을 쓰고. 나도 개인 화장실이 없는데 말이야. 나도 다른 장교들과 함께 쓰거든. 지저분하게 쓰는 놈들도 있지."

남자는 계속해서 말했다.

"넌 지금 감방에서 흘러나오는 도니 오즈몬드의 노래를 즐기고 있지. 하지만 이런 호화로운 곳에 영원히 머물 거라고는 생각하지 마. 우리의 관대함이 끝나는 날, 이곳의 네 시간은 끝장이라고."

남자가 말을 계속 이어갔다.

"여기보다 훨씬 형편없는 곳이 많아. 우리보다 더 나쁜 사람들도 많고. 우리는 그런 곳으로 너를 넘기고 싶진 않아. 하지만 선택의 여지가 없을 수도 있지. 우린 네가 위협적인 인물이 아니라는 확실한 판단이 서지 않는 한, 널 영원히 가두어야 해. 그러니 우리가 널 믿을 수 있도록 증명해 보여. 말하는 것부터 시작하자고. 아니면 외침이나 울기라도 해봐. 우리가 너와 소통하고 있다는 표시를 하라고."

남자는 말하고 또 말했고, 여자는 통역하고 또 통역했다. 파바나 귀에는 이 말이 모두 개 짖는 각기 다른 버전처럼 들렸다.

머리가 지끈거렸다.

"지금 세밀히 그 학교 폐허더미를 조사 중이다. 우린 너를 공격하는 증거를 작성해서, 너에게 책임을 물을 수 있어. 네가 무죄일 수도 있겠지만. 우연히 바로 거기에 있었을 수도 있겠지. 잘못된 시간 잘못된 장소에 말이야. 하지만 우린 생각이 달라. 아무튼 우리는 잘못이 없는 사람을 가두지는 않는다고. 하지만 네 경우엔 실수가 있을지도 모르니."

남자가 계속했다.

"지금으로서는 네가 테러와 연관 있다고 볼 수밖에 없어. 어린 소녀에겐 수치스러운 일이지. 나도 믿고 싶진 않아. 넌 내가 비열하고 냉혹하다고 생각하겠지. 하지만 난 진정으로 네가 결백하기를 바란다고. 그러니 증거가 필요해. 내가 이곳 최고 대장은 아니라서, 나도 보고를 해야 한다고. 그들은 내게 조처를 내릴 거야. 내가 너라면 걱정해야 할 조처들이지."

남자는 잠시 말을 멈추었다. 마치 자신이 한 말을 이해할 시간을 주기라도 하듯이.

"넌 내가 주는 이런 압박에 감사해야 해. 하지만 계속 이렇진 않아. 곧 끝을 맺을 거야."

남자는 또 잠깐 쉬더니, 계속했다.

"내 재량으로 쓸 수 있는 돈이 있어. 내 나라 국민이 두 가지 일에 쓰라고 보내준 돈이야. 사악한 자들의 처벌과 선한 자들의 구원이야. 넌 어느 쪽이야? 말해봐. 네가 선량한 사람이라는 것을 보여봐. 그러면 네가 멋진 삶을 살도록 네 주머니에 돈을 듬뿍 넣어서 풀어줄 테니. 네가 한 번도 만져본 적이 없는 큰돈이야. 학교도 갈 수 있고, 멋진 옷도 살 수 있고, 사업을 시작할 수도 있어. 원하는 건 무엇이나 할 수 있다고. 상황만 잘 맞아떨어지면 난 무척 관대해질 수……"

폭발이 남자의 말을 끊었다.

기지 어딘가에서, 사무실에서 멀지 않은 어딘가에서, 폭발이 일어났다. 사무실이 흔들렸고, 다이너마이트가 콘크리트를 으깨는 포효가 울려 퍼졌다. 군인들은 의자에서 일어나 몸을 피했고, 파바나도 바닥에 엎드렸다. 귀청이 떨어져

나갈 정도의 굉음이 났다. 사이렌이 울렸고, 뛰어가는 부츠들 소리가 복도에 가득했다.

파바나는 무릎을 두 팔로 감싸고, 고개를 숙였다.

도대체 무슨 일일까?

남자와 여자는 벌떡 일어서서 문가로 가서 밖을 살폈다. 고함과 비명이 들렸고, 명령하는 소리와 이름 부르는 소리가 들렸다.

기적이 일어났다.

파바나 혼자 남게 된 것이다.

그들은 나를 잊었을지도 몰라, 라고 파바나는 생각했다.

파바나는 순식간에 벌떡 일어서서 문으로 가서 복도를 내다보았다. 모두 한 방향으로 뛰고 있다. 타는 냄새와 휘발유 냄새가 났다. 누군가가 혹은 무언가가 기지를 공격한 것이다. 무슨 상관이란 말인가.

파바나는 가장 가까이에 있는 『제인 에어』를 잡아채서 옷속에 숨기고는, 복도로 슬그머니 나왔다. 밖으로 나갈 수만 있다면 무사히 빠져나갈 수 있을 것이다.

감시병은 없다. 그는 뛰어나가 비상사태에 참여했다. 펜을 책상 위에 그대로 둔 채로.

파바나는 펜을 낚아채서 바지 주머니에 넣고는, 밖으로

향했다.

혼돈 속으로 발을 내디뎠다.

폭발은 심각했다. 폭격이 로켓에 의한 것인지, 자살폭탄 테러인지, 실수에 의한 것인지 알 수 없었지만 상관없었다.

불길이 활활 타올랐다. 사람들은 비명을 질렀다. 군인들은 큰 소리로 명령을 내렸고, 부상병들을 위한 들것이 분주히 들어왔다.

아무도 파바나를 알아차리지 못했다.

폭발로 저 앞 철조망 울타리에 구멍이 나 있다. 파바나는 구멍이 난 방향으로 걸어갔고, 뚫린 구멍으로 들판이 보였다. 마치 두 팔을 벌려 환영이라도 하는 것처럼.

파바나는 이 나라에서 사는 방식을 알고 있다. 철조망만 넘어갈 수 있다면 탈출할 수 있을 것이다. 비탈길로 뛰어 올라가서는 영원히 사라질 것이다.

파바나는 달리기 시작했다. 이런 혼란 속에서 한 사람 정도가 뛰는 것은 시선 끌 일이 아닐 것이다. 게다가 파바나는 군복까지 입고 있지 않은가. 전혀 주목할 사람은 없었다.

파바나는 힘껏 달렸다. 뒤로 먼지를 일으키며 헉헉거리며 뛰었다. 맨발이 자갈과 모래를 세차게 때렸다. 오늘은 비탈에서 자게 될 것이다. 아무것도 자라지 않는 자갈밭에서, 아프간의 달과 별빛 아래에서.

지금 필요한 것은 힘껏 뛰는 것이다.

"도와줘요."

시끄러운 잡음을 뚫고 힘없고 고통스러운 목소리가 들려왔다. 혼잣말도 알아듣지 못할 이 상황에서.

목소리의 근원지를 돌아보지 말라는 엄격한 내면의 명령이 있었음에도 파바나는 돌아보았다.

젊은 여군이 돌덩이들과 날카로운 철사에 깔렸다. 피가 목에서 콸콸 흘러내렸다. 여군의 두 팔은 콘크리트 더미에 깔려 있어서, 혼자서는 움직일 수 없었다.

파바나는 주위를 둘러보았다.

다른 군인이 저 여자를 보고 구해줄 것이다. 그들이 제시간에 도착해서 저 여자는 좋은 병원으로 보내져, 건강이 회복되어, 집으로 갈 것이다.

너무 늦기 전에 분명히 다른 누군가가 저 여성에게 갈 것이다.

파바나는 몇 걸음 더 달렸다. 갈라진 울타리에 거의 도착했다. 30초만 더 열심히 달리면 이곳을 빠져나갈 수 있다.

30초만. 하지만 30초 동안에 인간의 몸에서는 피가 다 빠져나올 수 있다.

선택의 여지가 없었다.

파바나는 몸을 돌려 달리면서 긴 팔 셔츠를 벗었다. 공포로 휩싸인 여군 앞에 다다른 파바나는, 무릎을 꿇고 셔츠로 여자의 목을 둘둘 감아 꽉 묶었다.

"도와줘요! 의사요! 의사가 필요해요!"

파바나는 영어로 소리치며 팔을 흔들었다.

여자에게 곧 괜찮아질 거니, 걱정하지 말라고 말하면서 상처를 누르고, 팔을 흔들며 도와달라고 고함을 치는 시간은 영원할 것만 같았다. 의사가 왔고, 의사는 파바나에게 처치 지시를 했고, 파바나는 말없이 따랐다.

파바나는 응급처치 훈련을 받았고, 어떻게 하는지 알고 있다.

마침내 들것이 도착했다. 우물우물 뒤로 물러선 파바나는 다시 뛰기 시작했다.

단숨에 울타리까지 도착했고, 뚫린 곳을 통과해서 계속 뛰면 끝이다. 평야를 가로질러서 비탈길로 올라갈 것이다.

"손들어!"

무장한 차가 파바나 앞에 나타났고, 기관총이 파바나를 겨냥하고 있었다.

"무릎 꿇어. 아니면 쏜다!"

헬멧을 쓰고, 전투 장비로 무장한 군인들은 파바나 앞에서 산의 전경을 가로막았다.

한동안 파바나는 계속 뛸까 하는 생각을 했다.

결국 이 시점에서 잃을 것은 아무것도 없지 않은가.

하지만 그러지 않았다. 파바나는 두 팔을 들고, 무릎을 꿇고는, 그들이 적어도 펜만은 갖게 해주기를 희망했다.

14.
야릇한 승리감

경고 포스터는 효력을 발휘했다.

새 학기가 시작되었을 때 입학생들이 줄었다.

"파바나, 잠깐 이리로 와."

엄마는 손을 흔들었다.

"네가 오늘 수업을 좀 맡아야겠다. 노리아 후임이 나타나
질 않았어. 연락을 다시 해볼 테니, 그동안 네가 그 반 아이
들을 봐주어라."

"뭘 하면 되죠?"

"아무거나 가르쳐."

엄마는 서둘러서 갔다. 파바나는 노리아 반으로 향했다. 10여 명의 여학생이 그곳에서 기다리고 있었다.

"우리 선생님은 어디 있어요?"

한 학생이 물었다.

"교장 선생님이 찾고 있어. 그동안 내가 수업할 거야."

두 여자아이가 일어서서 문으로 향했다.

"야, 너희 누군데, 어딜 가니?"

"난 파라고, 앤 내 동생이야. 진짜 선생님이 없으면 집으로 오라고 했어."

"누가 그런 말을 했어?"

"엄마 아버지가 선생님들이 이곳을 떠나라는 경고를 받았다고 했어. 선생님이 없다면 집으로 와야 한다고 했어. 그렇지 않으면 사람들이 우리가 여기서 나쁜 짓을 한다고 생각한다고."

"자리로 돌아가."

파바나가 명령했다.

"하지만……"

"자리로 돌아가라고 했어."

파바나가 날카롭게 말했다.

"모두 일어나."

아이들이 일어섰다. 하지만 그들은 꾸물대며 천천히 쑥스

럽다는 듯이 일어섰다. 파바나는 만족스럽지 않았다.

"다시 해. 이번에는 책상 왼쪽으로 모두 일어서."

왼쪽과 오른쪽을 제대로 구분하지 못하는 아이들이 있어

서 그들은 제멋대로 서 있었다.

그들은 다시 했다.

"모두 일어서."

파바나는 몇 번을 더 일으켜 세웠다.

"좋아졌군. 너희는 나든 다른 선생님이든 교실에 들어오

면 이렇게 행동해. 이건 일종의 존경 표시야."

오래전 학교에 다닐 때 했던 행동이다.

"자, 수학 진도가 얼마나 나갔는지 볼까?"

파바나는 아이들을 열심히 가르쳤다. 오전 시간은 쪽지

시험과 게임, 읽기 수업을 하면서 빠르게 지나갔다. 점심시

간이 되자, 파바나는 녹초가 되었다. 하지만 즐거웠다.

"오전 수업 잘 마쳤어요. 아이들이 질문도 했고요. 제 수

업이 재밌나 봐요."

파바나가 엄마에게 말했다.

"출석 불렀니?"

엄마가 물었다.

전혀 생각도 못 한 일이었다.

"점심 먹고 할게요."

"기부자들에게 매일 학교에 오는 학생 수를 알려줘야 해. 학생 수가 급격히 줄어들면 보조금도 줄어들 거야. 우리가 일을 제대로 하지 않는다고 생각할 테니까. 그러니 출석 체크는 중요해. 다른 선생님들한테 도움을 청해. 그들은 언제라도 널 도울 준비가 되어 있으니."

"그 말은 제가 계속 수업을 하라는 거예요?"

"너를 대신할 진짜 선생님을 구할 때까지. 나도 가능한 한 돕겠지만 매일 수업에 들어가지는 못할 거야. 이 일이 네게 벅찬 일이라는 거 알아. 저녁에는 네 공부를 해야 하니까. 오래가지는 않을 거야. 그래도 넌 이쯤은 할 수 있어."

"아까 우리 반 학생이 말했는데, 마을 사람들이 선생님들이 위협받고 있다고 했대요."

파바나는 '우리 반 학생'이라는 말이 마음에 들었다.

엄마는 두 눈을 문질렀다. 무척 피곤해 보였다. 이제 겨우 오후의 시작인데 말이다.

"가서 점심 먹어, 파바나. 그러고는 다시 수업 시작해. 저녁에 시간을 내서 네 공부를 봐줄 테니."

파바나는 식당으로 가서, 접시에 음식을 담아서, 학생들이 앉은 테이블로 향하다가 마음을 바꾸어, 선생님들 테이블로 갔다.

파바나는 오후 수업에 들어가기 전에 잠시 가족 숙소에 들려서 학생임을 나타내는 차도르를 벗고는, 노리아가 두고 간 짙은 파란색 차도르를 입었다. 거울에 자신의 모습을 비추었다.

멋진데.

엄마가 다른 선생님을 구한다 해도, 자신은 평범한 학생으로는 절대로 돌아가지 않을 것이다.

"나는 책임을 지게 태어났어."

파바나는 거울 속 자신에게 말했다.

그러고는 서둘러서 교실로 향했다.

점심시간이 끝났고, 반 아이들이 기다리고 있었다.

15.
특별한 신입생

어느 이른 아침, 파바나는 학교의 금속 교문 빗장을 열고 나갔다.

신문이 도착했는지를 확인하기 위해서다. 파바나는 매일 세상에 무슨 일이 일어났는지를 얘기하며 수업을 시작하는 것을 좋아했다. 아시프가 보통 제일 먼저 신문을 가져가서는 서둘러 읽는다. 파바나가 아침 난과 차를 먹으러 식당으로 내려올 즈음, 아시프는 신문을 다 훑고는 파바나에게 신문 내용을 으스대며 늘어놓는 것을 즐긴다.

"오늘 대통령 회담에서 무슨 일이 일어날 것 같아?"

아시프는 파바나가 회담이 무엇인지도 모른다는 것을 알면서도 물어본다.

"이탈리아에 무슨 일이 일어날 것 같아?"

오늘은 파바나가 아침 식사 시간에 뉴스를 발표할 예정이라서, 맨 처음으로 신문을 가지러 나왔다.

신문은 교문 진입로 옆의 잡초에 던져져 있었다. 파바나는 신문을 집어 들고는 돌돌 말린 것을 풀었다. 학교 운동장으로 향할 때 바닥에 뭔가 있는 것이 눈에 띄었다.

처음에 그것은 밧줄로 꽉 묶은 커다란 배낭처럼 보였다.

그런데 배낭 밖으로 작은 발이 삐져나온 것이 보였다.

"파히르 아저씨!"

파바나는 신문을 바닥에 던지고는, 묶음으로 달려가서, 밧줄을 풀고는, 덧싸고 있는 것들을 내던졌다.

아이가 움직였다. 아직 살아 있다.

파바나는 부드럽게 아이의 얼굴과 머리를 쓰다듬었다.

어린 여자아이는 파바나는 빤히 응시했다.

"알살람알라이큼(평화가 함께 하기를), 넌 누구니?"

파바나가 말했다.

아이는 울었다.

파바나는 자는 엄마를 깨워서 데려왔다.

"누군가가 여자아이를 버렸어요. 밤에 그랬나 봐요. 전 아무것도 보지도 듣지도 못했거든요."

파히르 경비가 말했다.

"아이를 묶어서 버렸어요."

파바나가 말했다.

파히르 경비가 두 팔로 아이를 안아 올렸다. 그들은 최근에 새로 놓은 난로가 있는 식당으로 가서 아이를 따뜻하게 해줬다. 서늘한 아침 공기에서 실내로 들어오자, 여자아이에게서 코를 찌르는 냄새가 났다.

"너무 가볍군요."

경비가 의자에 아이를 천천히 내려놓으면서 말했다.

"이름이 뭐니? 누가 널 여기 놓고 갔니? 어디 살아?"

엄마가 물었다.

아이는 대답하지 않았다.

"이름이 아바인가 봐. 쪽지가 있어."

파바나가 말했다.

아이의 해진 옷에 쪽지가 꽂혀 있었다. 쪽지에는 서툰 글씨가 쓰여 있었다.

이름은 아바고,

아버지와 엄마는 죽었다.

좋은 아이다.

"고아인가 봐."

파바나가 말했다.

"사연이 있었겠지."

엄마가 말했다.

아이의 두 눈은 초점이 없었고, 입은 헤 벌리고 있었다.

"몇 살이니, 아바?"

엄마가 물었다.

아바는 대답하지 않았다. 아이는 파바나를 빤히 바라만
보았다.

"몇 살이야?"

파바나는 아이 옆에 가서 무릎을 꿇고, 웃으면서 물었다.

아바는 통통 소리를 내면서 손가락으로 파바나의 얼굴을
만졌다.

"전화 좀 하고 올게. 여긴 학교지 병원은 아니야. 우린 이
아이를 돌볼 여건이 안 돼."

엄마는 교장실로 향했다.

"물을 좀 데워 놓을게."

경비 아저씨가 말하며 아바의 머리에 손을 얹었다.

"목욕을 좀 시켜야겠어."

그는 파바나를 보고 웃으며 나갔다.

파바나는 아바에게 물 한 잔과 작은 빵 한 조각을 주었다. 마지막으로 먹었을 때가 언제일까? 파바나는 오랫동안 아무것도 먹지 못하다가 갑자기 많이 먹으면 몸에 해롭다는 것을 알고 있었다. 아바는 빵을 오물오물 씹었다.

물이 데워지자, 파바나는 주전자를 들고 아바를 숙소로 데리고 갔다.

파바나는 아바의 해진 옷을 벗겼다. 옷에서 썩은 냄새가 났다. 아이 몸에서 더러운 것이 씻겨 나가자, 끔찍한 것이 보였다.

상처들이다. 둥근 화상 자국은 담뱃불로 짓긴 것 같았고, 손목과 발목 주변으론 가시철사 모양의 흉터들이 있었다.

"누구한테 맞았구나."

파바나가 속삭였다.

상처들은 오래전에 생긴 것이었지만 파바나는 비누 거품을 낸 샤워타올로 아바의 피부를 조심해서 문질렀다. 아바는 울고 있었지만 씻기도록 파바나에게 몸을 맡겼다.

아바는 깨끗이 씻고, 마르얌의 옷으로 갈아입었다. 그리고 머리를 빗겼다. 머리카락은 제멋대로 엉켜 있었다.

"네 머리를 잘라야겠어. 자르면 더 예뻐 보일 거야. 약속해."

파바나는 가위를 가져와서 가능한 한 길게 잘랐다. 뒤엉켰던 아바의 머리는 귀와 목 주위로 곱슬곱슬 내려와 자연스러워 보였다.

"시장에 가서 헤어리본 하나 사자."

파바나는 이렇게 말하며 아이를 엄마에게 데려가 보였다.

"깨끗해졌어요."

파바나가 말했다.

엄마는 휴대폰을 보고 있었다.

"다른 애가 되었구나. 이제야 네 어여쁜 얼굴을 볼 수 있게 되었네."

엄마가 아바에게 말했다.

"헤어리본을 사준다고 했어요."

"헤어리본 사는 거야 뭐가 어렵겠니. 살 집이 문제지. 저 앨 맡아줄 사람을 찾을 수가 없구나."

"우리가 기르면 어때요?"

"저 애는 길을 잃은 강아지가 아니야, 파바나. 사람이라고. 우리가 돌볼 수 없어."

답으로 파바나는 아바를 엄마 앞에 세웠다.

"누군가에게 맞았어요. 보세요."

엄마는 상처를 만져보고는, 한쪽 팔로 아바의 두 어깨를 쓰다듬었다.

"우리가 할 일이 참 많구나. 음, 아이를 교문 밖으로 등을 떠밀 수는 없는 노릇이지. 여기서 지내게 하자. 하지만 더 좋은 곳을 찾을 때까지야."

"더 좋은 장소는 없어요."

파바나는 아바의 손을 잡고는 식당으로 가서, 뜨거운 차와 아침밥을 주었다.

아시프가 신문을 차지했다.

파바나는 신경 쓰지 않았다.

파바나의 소식이 아시프가 읽은 신문 내용보다 훨씬 더 흥미로울 테니까.

16.
차라리 사는 게 낫다

자유만 뺀다면 지금 당장은 모든 것이 완벽하다.

파바나는 다시 감방으로 돌아왔다. 몸에 온기를 주고자, 담요를 펼쳐서 머리부터 뒤집어썼다. 담요는 얼굴을, 폭발이 있었던 뒤로 이틀이나 입은 피 묻은 티셔츠를, 그리고 꼰 다리 사이에 펼쳐 놓은 책『제인 에어』를 덮었다.

폭발 이후로 식사가 전혀 들어오지 않았다. 다행히도 전에 남겨 놓은 음식이 있었다. 테이블 위의 작은 선반에는 너트 봉지, 피넛 버터와 잼을 바른 샌드위치, 치즈, 크래커, 알루미늄 그릇에 담긴 스파게티오 등이 있다.

매트리스 밑에는 음식 봉지에서 떼어 낸 종이가 여러 장 있었고, 사랑스러운 펜도 하나 있다. 아직은 한 번도 사용하지 않아서 잉크가 있는지 확인해야 했지만, 그것으로 충분했다. 파바나는 펜이 사용 가능하다는 것을 알고 있었으니까.

한 손에 초콜릿 브라우니를 들고, 무릎에는 샤롯 브론테의 책을 펼친 채 파바나는 침대에서 담요를 뒤집어쓰고 있다. 브라우니를 조금씩 뜯어 먹으며 제인과 미스터 로체스터, 탐필드 홀 다락방의 미친 여자에게 마음을 홀딱 빼앗겼다.

처음에는 이 상황을 견디기 위해서 책을 읽고 있다고 생각했으나 신경 쓰지 않기로 했다. 언젠가 군인들이 들어와서 모든 걸 빼앗아 갈 것이다. 파바나를 다른 감옥으로 보낼지도 모른다. 파바나를 사막으로 데려가서 쏴서 죽인 다음에 시체를 말똥가리 밥으로 던져 놓을 수도 있을 것이다.

파바나는 책에 푹 몰입하기로 했다. 이 책을 읽으면 읽을수록, 다음번에 그 끔찍한 작은 사무실에 서 있게 될 때 몰입해서 생각할 것들이 더 많아질 것이다.

제인이 결혼한 미스터 로체스터로부터 달아나, 낯선 마을에 도착해, 먹을 것을 구하는 장면을 읽을 때 파바나는 이

상한 소리를 들었다.

어디서 우는 소리가 들려왔다. 남자 목소리 같았다. 우는
것을 들키지 않으려는 듯이 목소리를 죽여 가며 울고 있었
다. 흐느끼는 소리는 창문 밖에서 들리는 것 같았다.

파바나는 책을 내려놓고, 담요를 벗고는, 침대와 테이블
에 잘 중심을 잡고 서서, 창살 밖을 내다보았다. 어떤 남자
가 창문 아래 앉아서 울고 있었다.

울기에 아주 좋은 장소네, 라고 생각했다.

파바나는 한동안 우는 소리를 들었다.

집이 그리운 걸까? 폭발로 친구를 잃은 걸까? 누군가 때
렸나? 외로운 건가?

파바나는 그를 불러볼까도 생각했지만 할 말이 생각나질
않았다. 순간 선반 위에 있는 음식 생각이 났다. 우는 군인
이 치즈와 크래커를 좋아하지 않을까? 하지만 군인들은 원
하면 언제라도 음식을 먹을 수 있다. 좋은 선물이 되진 못
할 것 같았다.

"더는 어쩔 수가 없었어. 할 수 없었다고. 차라리 죽고 싶
다."

파바나는 군인이 흐느끼면서 말하는 소리를 들었다.

순간 파바나는 어찌해야 하는지를 알았다.

파바나는 서 있는 곳에서 폴짝 뛰어내려 매트리스 아래에 넣어 놓은 펜과 종이 한 장을 꺼냈다. 우는 군인에게 쪽지를 쓸 작정이다. 그에게 도움이 될 것이다. 아니면 적어도 덜 외로움을 느낄 것이다.

그런데 막상 종이에 뭐라고 쓰려고 하니까, 쓸 말이 생각나질 않았다. 잠시 고민하고 나서, 글을 쓰기 시작했다.

적어도 당신은 제인 에어는 아니잖아요.

하지만 군인이 이 책을 안 읽었으면 어쩐다지?

파바나는 '곧 좋아질 거예요.'라고는 쓸 수 없었다. 그렇지 않을 테니까. '걱정하지 마요.'라고도 쓸 수 없었다. 여러 가지를 걱정해야 할 당연한 이유가 있을 테니.

희망적인 메시지도 쓸 수 없었다. 자신도 희망이 없었기 때문에. 희망을 가지라는 말은 현재보다 미래가 더 밝다고 생각한다는 의미일 테니 말이다.

파바나는 한참을 종이 위에 펜을 고정한 채로 있었다. 그러고는 쓸 적당한 말을 찾아냈다. 미국 시집에서 읽은 시였는데, 도로시 파커라는 여자가 쓴 시다.

면도칼은 아프고

강물은 축축하다

산은 얼룩을 남기고

약은 경련을 일으킨다.

총기 사용은 불법이고

올가미는 느슨해지고

가스는 냄새가 지독하니

차라리 사는 게 낫다.

　파바나는 시를 다 적고는 펜을 도로 숨긴 장소에 넣고는 종이를 사각형으로 조그마하게 접었다. 다시 침대와 테이블로 올라가서는 창살 사이로 시를 던졌다.

　종이가 군인에게로 떨어지는 순간 그로부터 작은 놀람의 소리가 들렸다. 그의 울음소리는 종이를 펼쳐 들었을 때 잦아들었고, 시를 읽었을 때는 거의 누그러졌다.

　창살 밖을 내다보던 파바나는 군인이 코를 훌쩍이며 바닥에서 일어서서 옷에 묻은 흙을 터는 소리를 들었다.

　"고마워요. 누군지 모르지만."

　아주 잠깐 그의 손가락 끝이 파바나의 손끝에 닿았다. 그런 다음 군인은 가버렸다.

파바나는 침대와 테이블에서 내려와 철창을 서성였다. 기분이 참 좋았다. 낯선 사람에게 다가가서 그의 기분이 좋아지게 도왔다. 파바나는 문제를 보았고, 한순간에 그것을 고쳤다. 학교생활을 하면서도 이런 상황을 즐겼다. 파바나는 뭐든 다 알고 있었다. 그녀는 해결사였다. 멍청하다고 느끼는 학생이 사실은 영리하다는 것을 깨닫게 하는 데 도움을 주었고, 두려움에 빠진 학생이 안정감을 느끼도록 도왔다.

파바나는 침대로 돌아가서 앉아서, 다시 양쪽 어깨에 담요를 둘렀다. 그리고 『제인 에어』를 집어 들었다. 그 순간 옛 기억이 하나 떠올랐다.

몇 년 전 카불시장의 담요 위에 앉아서 글을 모르는 사람들의 편지를 읽어주고 써줄 때 파바나는 어떤 창문 아래 앉아 있었다. 창문 속 여자는 남편에게 감금되었다. 하지만 파바나가 앉은 담요에 작은 선물을 떨어뜨려 인사를 하며 자신의 존재를 알렸다. 카불을 떠나기 전, 파바나는 창문 아래에 야생화를 심어서 창문 속 여자에게 선물했다.

지금 난 창문 속 여자네, 라고 생각했다.

파바나는 피식 웃었다.

순간 몸이 흔들리기 시작했다.

가슴이 넓은 가죽끈으로 쥐어짜는 느낌이고, 숨이 쉬어

지질 않았다. 파바나는 다시 창문으로 올라가서는 입을 창
살에 대고는 숨 호흡을 하며 가능한 한 많이 신선한 공기를
들이마셨다.

한 가지 의문이 떠올랐다.

날 위해 꽃을 심어줄 사람은 있을까?

브론테 탓일지도, 아니면 브라우니에 묻은 초콜릿 때문일
수도 있다. 어쩌면 티셔츠에 묻은 다친 군인의 피 탓일지도,
아니면 아프간의 달콤하고 그을린 냄새가 나는 공기 탓일
수도 있다. 무언가가 파바나의 심장을 둘러싼 단단한 끈을
끊어냈다. 무언가가 너무 힘들어서 숨길 수밖에 없었던 것
에 닿았고, 파바나는 너무 힘들어서 그것과 싸울 수 없었다.

바닥에 주저앉은 파바나는 무릎을 얼굴로 끌어모았다.

그러고는 울었다.

17.
창고 안에 있는 것이
무엇이든 간에

잠결에 이상한 소리가 들렸다.

처음엔 어떤 동물이 방 안으로 들어왔다가 출구를 찾지 못해서 낑낑거린다고 생각했다. 잠이 좀 더 깨자, 아바가 악몽을 꾸다가 깨서 내는 소리라고 생각했다. 하지만 아바와 마르얌이 옆에서 자는 소리가 들렸다.

그제야 파바나는 그 소리가 엄마에게서 난다는 것을 깨달았다. 파바나는 동생들에게 방해되지 않도록 조심해서 일어나서 엄마 앞에 가서 무릎을 꿇었다.

엄마는 구석에 앉아서 아버지 사진을 보고 있었다. 탈레반에 의해 찢겨서 조각조각이 바람에 흩날렸던 사진으로, 파바나가 감옥 앞에서 거의 다 주워 모은 것들이다. 턱 아래 조각은 사라졌지만 얼굴은 그대로 남아 있었다. 촛불의 희미한 불빛 아래서 파바나는 아버지의 강하고 친절한 눈빛과 닿았다.

"두려워요, 나스룰라. 내 어깨의 짐이 너무 무거워요. 난 두려워요."

엄마가 사진에 대고 말하는 것은 좋지 않은 증후다. 카불에서 이런 일이 있었을 때 파바나는 온통 걱정뿐이었다. 하지만 지금은 좀 짜증스러웠다.

파바나는 사진을 집어 들었다.

"나도 아버지가 그리워요, 엄마."

"아버지가 어떻게 돌아가셨니, 파바나? 넌 같이 있었잖아. 내가 마지막으로 본 건 살아 계실 때지."

"엄마가 아버지를 마지막으로 본 건 체포될 때잖아요. 엄마는 소중한 노리아 언니의 더 나은 삶을 위해서 아버지를 감옥에 두고 떠났어요."

파바나는 결국 마음속에 품었던 말을 토해냈지만 참았어야 했다. 잠을 방해받고 싶지 않았고, 게다가 노리아도 더 나은 삶은 살지 못했으니. 이제껏 경험으로, 엄마와의 논쟁은 긴 시간을 잡아먹었고, 완전히 방향이 엉뚱한 데로 흘렀다.

파바나는 사진을 선반에 도로 올려놓았다.

"잠이 안 오세요? 카모마일 한 잔 만들어 드릴까요?"

학교 밭에 각종 허브를 키우고 있다. 카모마일은 진정 효과가 있으니, 도움이 될 것이다.

"네 말투가 맘에 안 든다."

"모든 것이 좋아요. 학생 수가 줄어들긴 했지만 여전히 학교를 운영하고 있잖아요. 지금 있는 학생들은 잘 배우고 모두 잘 따르고 있어요."

"내가 널 선생 자리에 앉힌 게 잘못이구나. 지금 넌 모든 걸 다 알고 있다고 생각하는구나."

파바나는 입을 꾹 다물며 혀를 놀리지 않으려고 애썼다. 그렇지 않으면 "엄마가 날 선생 자리에 앉힌 게 아니라 선생이 되어달라고 구걸했잖아요."라는 말이 튀어나올 뻔했다. 그리고 아마도 어리석게 "난 언제라도 이곳을 나가서 나 혼자 힘으로 살 수 있어요. 난 엄마는 필요 없다고요."라고까지 말할 뻔했다.

입을 꽉 다문 파바나는 결국에는 그 말이 튀어나오지 못하게 했다. 한동안 엄마는 한마디도 하지 않았다. 파바나는 아무 말도 안 하고 앉아 있는 것이 지루해서 침대로 돌아가서 따뜻한 이불 속으로 들어갔다.

그때 엄마가 조용히 말했다.

"우리 학생들은 집에서 골칫덩이가 되었어. 그들의 부모들은 딸들을 우리에게 보내는 것에 초긴장 상태야. 그러니 학생 수는 점점 줄고 있지. 이런 상태로 간다면 기부금은 중단될 거야. 그럼 학교를 닫아야만 하고, 우리도 불결한 난민촌으로 돌아가야 할 거야."

파바나는 엄마의 절망에 갑자기 몸이 축 늘어지는 느낌을 받았다.

순간 한 가지 아이디어가 떠올랐다.

"우리를 증오하는 사람들은 학교 담 안을 보지 못하잖아요."

엄마는 한숨을 내쉬었다.

"잠이나 자라."

"사람들이 우리를 못 보니까, 우리가 학교에서 나쁜 짓을 한다고 생각하는 거예요."

파바나는 말하면서 흥분을 감추지 못했다.

"학교 축제를 열어서, 사람들을 초대해요. 마을 사람 전체를 다요. 학생들이 음식을 준비하고, 반별로 시 낭송도 하

고, 아프간 역사나 지리 수업도 하는 거예요. 와, 재미있겠
다!"

"그럼 난 노래할게!"

마르얌이 매트리스에서 재잘거렸다.

엄마는 다시 한숨을 쉬었다.

"노리아가 있었으면 좋으련만. 그 앤 방법을 알 텐데 말
이다."

파바나는 참을 만큼 참았고, 벌떡 일어나서 방을 나갔다.
아직 밤이고 밖이 추울 거라는 건 안중에도 없었다. 화는
추위를 잊게 한다.

엄마는 내가 중요한 의견을 낼 사람이라고 전혀 인정하
지 않는다. 왜 그럴까?

파바나는 학교 운동장을 터벅터벅 걸으며 주먹으로 담벼
락을 쳤고, 돌멩이를 걷어차며 학교 뒷마당 모퉁이를 돌다
가 순간 멈칫했다.

창고에서 남자들이 나오는 모습이 보였다. 그들은 전통
의상을 입고 있었고, 머리에는 터번을 둘렀으며, 어깨에는
소총을 메고 있었다. 파히르 경비 아저씨도 있었다.

"제발 그러지 마세요. 여긴 학교예요. 아이들을 생각해주
세요."

소총을 든 한 남자가 파히르를 밀쳤다.

"우리가 이곳을 창고로 사용하지 않는다면, 이 학교를 그냥 둘 것 같아?"

파바나는 건물 뒤로 얼른 몸을 숨겼다. 가슴이 쿵쾅거려서 죽을 것만 같았다.

뛰어가서 엄마에게 말해야만 하나? 무기를 찾아봐야 하나? 파바나는 두꺼운 시집을 움켜잡고 그것으로 남자들의 머리를 휘갈기는 우스꽝스러운 장면을 떠올렸다.

생각해내야 한다.

파바나는 모퉁이 주변을 다시 엿보았다. 남자들은 사라졌고, 창고 문은 닫혔다.

가능한 한 얌전히 걸어서, 창고 가까이 접근해 창고 자물쇠를 만져보았다.

교문이 닫히는 소리와 트럭의 시동 소리가 들렸다. 어둠을 걸어서 파바나는 경비실에 도착했고, 한 남자가 파히르에게 위협하는 소리를 들었다.

"이 일을 발설하면 네 가족은 다 죽을 줄 알아."

트럭은 출발했고, 속도를 내며 사라졌다.

파바나는 잠시 기다렸다가 경비실 문을 노크하려고 한 손을 들었다. 그때 안에서 소리가 들려왔다. 손을 내리고 무슨 소리인지를 확인하려고 바짝 문에 다가갔다.

파히르 경비 아저씨가 울고 있었다.

파바나는 뒷걸음질 치며 침대로 돌아왔다. 어찌해야 한단
말인가.

다음 날 아침, 엄마는 교무회의에서 축제를 열어 마을 사
람들을 초대할 거라고 발표했다. 파바나는 딴생각에 몰두
하고 있었기에, 자신의 아이디어를 빼앗긴 것에 대한 적의
조차도 느낄 수 없었다. 단단히 마음먹은 파바나는 창고 주
변에는 얼씬도 하지 않았다.

그 안에 있는 것이 무엇이든 간에 알고 싶지 않았다.

18.
학교 축제

축제는 딱 일주일 남았다.

"시간이 얼마 남질 않았다. 하지만 너희는 이미 다 준비가 되어 있다. 이번이 우리 재능과 지식을 마을 사람들에게 알릴 좋은 기회로 삼자."

엄마가 조회 시간에 학생들에게 축제 계획을 발표하면서 말했다.

여학생들은 열중해서 들었다. 집에 가면 학교에서 무엇을 하는지를 설명해야만 하는 아이들이 많던 참이었다. 학부모들이 학교에 와보지 않는다면 이해하기 어려운 학교생활이다.

이번이 부모에게 학교생활을 보일 절호의 기회였다.

우선, 마을 사람들이 도착하면 공식적으로 엄마의 환영을 받을 것이다. 그러고는 교실로 가서 수업을 참관한다.

파바나는 산수 수업을 하기로 정했다. 돈을 벌고 소비하는 것을 가르치기로 한 것이다.

12아프가니가 있는데, 오렌지가 하나에 3아프가니야.
몇 개를 살 수 있을까?

오렌지 하나에 13알이 들어 있어. 그런데 사람이 15명이야.
한 사람한테 오렌지를 몇 알씩 줄 수 있을까?

숄을 수놓는데, 12실패가 필요해. 실패 하나에 20아프가니야.
완성한 숄은 얼마를 받아야 돈을 벌 수 있을까?

학부모들은 학년 수업과 반별 수업에 참관한 다음, 식당에서 학생들이 마련한 차와 간식을 먹는다. 또 학생들이 준비한 기념품도 받게 될 것이다.

수업의 처음은 성스러운 코란 구절을 암송하는 것으로

시작된다. 저학년들은 동물을 주제로 한 노래를 부르고, 파바나의 반은 아프간 지리를, 고학년들은 아프간 역사를 발표하기로 했다. 마르얌은 아프간의 민속 노래를 부를 예정이다.

아이들은 학교를 꼼꼼히 청소했고, 꽃 그림, 아프간 국기, 이슬람 문양 등을 학교에 장식했고, 축제 포스터와 홍보지를 만들었다.

하루는 파바나와 아시프, 마르얌이 마을로 가서 직접 홍보지를 나눠주었다. 축제 포스터와 홍보지를 가능한 한 경고 벽보 위에 붙였다.

"학교 축제에 오세요. 공짜에요. 오셔서 우리와 아침을 즐겨 주세요."

그들은 시장에서 만난 사람들에게 말했다.

아시프는 남자들을 상대했다. 파바나는 아시프가 목이 잘린 거꾸로 매달린 염소 옆에 서 있는 정육점 주인에게 말하는 모습을 지켜보았다. 그는 홍보지를 가리키고는, 학교로 향하는 길을 지목했다. 정육점 주인은 고개를 흔들었고, 아시프보고 가라는 시늉을 했다. 하지만 아시프는 포기하지 않았다. 그는 남자에게 침착하게 설명을 했고, 결국 정육점 주인은 항복의 표시로 두 손을 들고는, 알았다고 말했다.

파바나는 미소 지으며 홍보 활동을 계속했다.

"우리와 함께하세요."

마르얌도 외쳤다.

마르얌은 마을에 와 본 적이 없었다. 그래서인지 호기심에 여기저기 배회하고 다녔다.

"구경하고 싶어."

"우린 여기 구경하러 온 게 아니고 일하러 온 거야."

"난 여기가 처음이란 말이야."

"넌 아직 어려."

하지만 파바나는 마르얌이 자신이 머리를 깎고 카불시장에 가서 일할 때와 비슷한 나이가 됐다는 사실을 깨달았다.

"축제 끝나고 데려와 줄게."

파바나는 약속했다.

"엄마가 허락하지 않을 거야. 엄만 겁에 질려 있거든."

"축제가 끝나면 두려움이 사라질 거야. 사람들이 학교에 감명받아서 우리가 걸어가는 길마다 꽃을 뿌려줄 거라고."

그들은 포스터를 몇 개 더 붙였다.

파바나는 자기보다 조금 어려 보이는 여자아이에게 시선이 향했다. 품에 아기를 안고 있었다.

"우리 축제에 올래? 마을 끝에 있는 학교에서 열려."

파바나는 전단을 내밀면서 말했다.

"걸어서 멀지 않아. 아기를 데려와도 돼. 음식도 있고, 볼거리도 많아."

여자아이는 고개를 살짝 저었고, 오히려 뒷걸음질 치면서 파바나를 빤히 응시했다.

"진짜로 널 환영하는 거야. 그냥 그대로 오면 돼. 안전하고 편할 거라고 약속해."

파바나는 여자아이가 행색이 초라해서 그런다고 생각하면서 말했다.

여자아이의 두 눈이 옆을 보더니, 다시 고개를 저었다.

그 순간 근처 가판대에서 과일을 사던 한 남자가 와서 여자아이 옆에 섰다. 남자는 키가 몹시 큰 늙은이였는데, 화가 난 것 같았다. 남자는 파바나를 노려보면서 말했다.

"그 애한테서 떨어져."

파바나는 위축되어 뒷걸음질 쳤다.

남자는 방향을 틀어 걸어갔고, 아기를 안은 여자아이는 몸을 구부리고는 재빠르게 남자를 따라갔다.

파바나는 저 여자아이를 늙은 남자한테서 당장 떼어내어 학교 교실에 데려다 놓고 싶은 충동을 느끼며 그들이 걸어가는 모습을 물끄러미 지켜보았다.

마르얌은 다시 사라졌다. 파바나는 마르얌을 음악 가게에서 찾아냈다. 마르얌은 작은 텔레비전 스크린에서 노래를 부르는 여자아이를 바라보고 있었다.

"마르얌, 가자."

"서바이벌이야. 전국의 가수가 참가해서 시청자들이 자기가 제일 좋아하는 가수에게 투표해. 우승자는 큰 상을 받아. 아, 언니, 나도 참가할 수 없을까? 상금을 타면 우리에게 도움이 될 텐데!"

"엄마가 너 혼자서는 시장도 못 가게 하는데, 텔레비전에 나오게 할 것 같니?"

파바나는 동생을 텔레비전에서 떼어놓았고, 둘은 아시프와 만나서 학교로 돌아왔다.

드디어 축제일이 되었고, 날씨는 맑고 쾌청했다. 파바나는 교문으로 사람들이 들어오는 것을 보자, 전율이 느껴졌다. 학생들은 부모의 손을 잡고 왔다.

부르카를 입은 여자들은 교문으로 들어와서는, 머리 부분의 부르카를 뒤로 들어 올려 얼굴을 드러냈다. 그들은 전단을 들고 있었는데, 마치 그것은 그곳에 있을 권리를 주는 티켓 같았다. 정육점 주인도 나타났다. 파바나는 아시프가 그를 환영하는 것을 보았다.

파란색 샬와르 카미즈 교복을 입은 아바는 여자 학부모가 교문에 들어서면 그들의 손을 잡고 자리로 안내했다.

모든 것이 계획대로 진행되었다. 학생들은 교실에서 하기로 예정된 수업을 진행했고, 손님들은 수업을 참관하고, 차와 간식을 즐겼다.

발표도 계획대로 시작되었다. 맨 먼저 마르얌이 무대에 올랐다. 전통 민속 노래를 부를 예정이다. 민속 의상을 입은 마르얌은 머리를 뒤로 빗어 넘긴 탓에 얼굴이 노리아보다도 더 길고 말라 보였다.

왜 나만 머리숱이 없는 걸까.

파바나는 동생이 무대 중앙에 서 있는 걸 지켜보면서 생각했다.

마르얌은 심호흡을 하고, 노래를 부르기 시작했다. 한동안 파바나는 자신이 듣고 있는 노래가 무슨 노래인지를 통 깨닫지 못했다. 민속 노래가 아니었다. 라디오에서 들었던 팝송이다.

영어 노래다.

귀에 쏙 들어오는 리듬의 러브송으로, 마르얌은 노래하면서 춤까지 더했다.

춤은 단순했다. 노래에 맞추어 두 팔을 흔들고, 머리를 까딱이며 발을 맞추는 정도였다.

꽤 하는군, 이라고 생각했고, 동생의 맑고 강한 목소리를 들으며 그 얼굴에서 환희를 보았다. 아마도 마르얌을 텔레비전에서 보게 될 것만 같았다.

파바나는 관중을 바라보았다.

다른 아이들도 웃고 있다.

옆에 뚝 떨어져 있는 아바도 마르얌의 춤을 따라 하면서 환하게 웃고 있다.

"창피한 줄 알아! 창피한 줄 알라고!"

관중석에서 어떤 남자가 고함을 쳤다.

그 주위에 앉아 있던 학부모들은 그를 진정시키려고 애썼다. 마르얌은 순간 놀란 것처럼 보였으나, 공연을 계속했다. 더 많은 남자가 고함을 치면 칠수록 마르얌은 더 크게 노래를 불렀다.

노래가 끝났을 때 사람들은 박수를 쳐야 할지 말아야 할지를 망설이며 난감해했다.

어른들은 스스로 즐기는 것에 익숙하지 않아.

마르얌은 무대에서 뛰어 내려왔다. 다음 차례는 파바나의 반이었고, 파바나는 서둘러서 아이들을 무대에 세웠다.

"아프가니스탄의 동쪽엔 파키스탄, 서쪽으로는 이란이
있습니다. 아프가니스탄은 여러 지역으로 구성되어 있는데,
지금부터 지역 이름을 말하겠습니다."

첫 번째 여자아이가 크고 명확하게 말했다. 아이들이 한
명씩 돌아가면서 지역 이름을 자신감 넘치는 목소리로 빠
르게 말했다. 그들은 수월하게 지역 이름을 말하고는, 강들
의 길이와 산들의 높이, 주요 농작물에 관해서 말했다. 전반
적으로 속도감 있고 재미있게 진행되었고, 결국 잘했다는
박수를 받아냈다.

파바나는 두려움이 좀 가셨고, 축제는 잘 마무리되었다.
파바나는 할 일이 많았기에, 마르얌이 친 사고에 대해 생각
할 겨를이 없었다.

손님들에게 점심이 제공되었다. 엄마는 사람들 사이를 다
니면서 질문에 대답하고, 부모들에게 그들의 아이들에 대
해서 좋은 덕담을 해주었다.

마침내 손님들은 남은 간식을 조금씩 나누어 싸서 교문
을 나섰다. 엄마는 손님들을 배웅하고는, 교문을 닫고, 문에
기대어 안도의 한숨을 쉬었다.

"다섯 명이 다음 주부터 딸아이를 보내겠다고 약속했어.

내 생각엔 그 이상으로 학생들이 늘 것 같아."

엄마가 말했다.

"그럼 마르얌의 춤은요?"

"단단히 타일러야지. 그런 행동을 하면 안 된다고. 하지만 네 지리 수업이 구했어. 아주 잘했어."

엄마의 짧은 칭찬의 말을 듣고 파바나는 충격을 받아서 엄마가 뒷정리 차 서둘러 자리를 뜰 때도 꼼짝 않고 서 있었다.

이건 노리아 몫인데, 라고 중얼거리며 교실을 정리하러 갔다.

파바나는 바닥에 떨어진 냅킨과 전단을 주우며 의자 사이를 어슬렁거렸다. 엄마의 칭찬을 받을 다른 일이 뭐가 있을까에 온통 정신이 빠져 있었다. 세 번째 줄을 걷고 있는데, 혼자서 조용히 앉아 있는 어린 여자아이가 있었다.

교복을 입지 않은 걸 보면 학생은 아니었다. 아이가 입은 옷은 초라하긴 했지만 깨끗했고, 머리도 뒤로 잘 빗어 말끔하게 한가운데로 땋아 내렸다. 차도로는 스카프처럼 양쪽 어깨에 걸쳐 있었다.

"누굴 기다리니?"

파바나가 물었다.

"네."

파바나는 주변을 둘러보았다. 텅 비었다.

"누구를 기다리는데? 다 갔어."

"제가 기다리는 사람은 아직 남아 있어요."

여자아이는 작았지만 목소리는 컸다. 노래할 권리가 있다는 것을 아는 새처럼.

"음, 나랑 같이 나가서 함께 찾아보자. 그들도 널 찾아 교실 주위를 배회하고 있을 거야. 너 이 학교에 오고 싶니?"

"네, 이 학교에 올 거예요."

내 반이었으면 좋겠다, 라고 생각했다.

"자, 가자."

파바나는 손을 내밀었다.

여자아이는 그 손을 잡지 않았다.

파바나는 아이의 두 눈이 허공을 바라보는 것을 보고는 손을 약간 흔들었다. 아이의 두 눈은 반응하지 않았다.

"누굴 기다리니? 부모님이야?"

"아니, 부모님은 죽었어요."

"누가 널 여기 데려왔니?"

"삼촌이. 하지만 가버렸어요."

"널 남겨두고 떠났다고?"

"나는 선생님을 기다리는 중이에요. 선생님 한 명만 불러 줄래요? 그들에게 배드리아가 왔다고 전해주세요."

"네 이름이 배드리아야?"

"네, 맞아요."

파바나는 추측을 확인해 보기로 했다.

"배드리아, 너 볼 수 있니?"

"아니요, 아무것도 못 봐요. 선생님이에요?"

"그래."

"아 그럼 거기 서 있지 말고, 나한테 읽기 좀 가르쳐주세요."

파바나는 배드리아 옆 의자에 앉았다.

엄마에게 이 상황을 어떻게 설명해야 한단 말인가.

19.
장미 정원에 묻힌 여자

철창문이 쾅 하고 열렸다.

깜짝 놀란 파바나는 올려다보았다. 질문하던 남자와 통역하던 여자가 문 앞에 서서 자신을 바라보고 있었다.

남자는 파바나가 앉은 침대로 다가왔다. 그는 펼쳐놓은 『제인 에어』를 집어 들고, 그것을 묵묵히 바라보더니, 도로 파바나에게 주었다.

"내가 널 과소평가했군."

남자는 영어로 말했고, 통역하는 여자는 가만히 있었다.

"내 아내가 이 책을 꼭 읽어보라고 했지."

남자는 서서 파바나를 내려다보았다.

"며칠 전 기지가 공격받은 것이 너랑 관련이 있니?"

파바나는 슬펐고, 가슴이 답답했다.

"전개된 공격은 네가 탈출할 기회를 주는 것처럼 보였는데. 자전거를 탄 어떤 놈이 자살폭탄테러를 벌였어. 우리 군인 두 명이 죽었고, 수많은 부상자가 났지. 널 구조하기 위해서 이런 자살테러까지 벌일 만큼 네가 그렇게 귀중한 존재니?"

당연히 파바나는 대답하지 않았다.

"우린 파괴된 학교의 모든 것을 조사 중이야. 학교에서 남은 군수용품을 찾아냈지. 이제 확실해졌어. 길가 건물을 폭발한 폭탄이 학교에 있었지. 넌 그 학교에 살았고. 네가 알고 있는 걸 알아내야 하는 것이 우리 임무지."

남자는 말을 중단했다.

그리고 말했다.

"책 재미있게 읽어라."

남자는 나가려고 하다가, 다시 돌아봤다.

"우리 조사원들이 학교 운동장에서 여자 시체를 하나 찾아냈어. 고문을 당하다가 죽은 것처럼 보이던데, 뭐 아는 거 없니? 이상한 것은 그 여자가 아주 잘 묻혔다는 거야. 이슬람 전통 방식으로 메카를 향해서 말이야. 그 시체는 장미 정원 밑에서 발견되었지.

20.
별 헤는 밤,
엄마를 기다리며

"파히르가 그만두었어."

학교 축제가 끝난 다음 날이었다.

"아저씨가 그만뒀다고요? 뭐라고 그러면서요?"

"아무 말도 안 했어. 교장실 문 밑에 쪽지를 슬그머니 밀어놓고는 한밤중에 몰래 떠났어. 2주 치 월급도 미리 타 갔다고."

파바나는 파히르가 써 놓은 쪽지를 집어 들었다.

저는 그만두어야 합니다. 죄송합니다.

"우리끼리 해보자고요."

파바나가 말했다.

"선생님들 가족 중 한 명을 고용하자."

엄마는 서류 가방에 서류와 파일을 챙겨 넣었다.

"저녁에 돌아올 거야. 아시프에게 오늘 경비실을 봐줄 수 있는지를 물어봐라. 사람을 구할 때까지 일을 봐주면 더 좋고. 학교에 경호할 남자가 없다는 인상을 풍기고 싶진 않아."

"엄마, 아시프를 데려가세요."

엄마가 아시프와 함께 간다면 더 안전할 것이다.

"가서 네 일이나 해라. 네 일을 잘하는 것이 날 돕는 거야."

파바나는 대꾸하지 않았다. 노리아가 떠난 이후로 파바나는 되도록 대꾸를 하지 않으려고 애썼다. 어린애 같아 보이지 않으려고.

"그럼 저랑 같이 가요. 아시프는 여기 일하라고 놔두고."

"넌 공부 안 하니? 곧 물리 시험이잖니. 내 휴대폰은 어디 있지?"

파바나는 휴대폰 찾는 것을 도왔다. 자동차 경적 소리가 들렸다.

"택시가 왔나 보다. 휴대폰은 됐다. 그저 대학입안위원회 미팅일 뿐이야."

엄마는 서둘러서 교장실을 나갔고, 파바나도 엄마를 바짝 쫓았다.

"이곳에 진짜로 여자 대학이 생기나요?"

파바나가 물었다.

"그렇게 하려고 지금 애쓰는 거잖니. 학생들에게 열심히 공부해서 고등학교를 졸업하라고 말하는데, 그런 다음에는? 배움을 멈추면 되겠니? 고등학교로는 부족해. 그러니 대학이 필요하지."

엄마는 운동장을 가로지르며 말했다.

엄마는 금속 교문의 빗장을 열었고, 파바나는 엄마가 택시에 타는 모습을 지켜보았다.

"마르얌 잘 지켜봐. 텔레비전에 나간다고 카불로 뛰어가게 하지 말고. 명심해. 네 책임이니! 다른 아이들도 잘 보살피고."

엄마가 말했다.

파바나는 택시가 미끄러지듯 나아갈 때 손을 흔들었다.

아시프 역시 뒤에 서서 작별인사를 하고 있었다.

파바나는 파히르 경비 아저씨가 그만두었다는 얘기를 아

시프에게 했다.

"엄마가 사람을 구할 때까지 네가 경비실을 맡아줬으면
해."

"그럼 경비실에서 일해야겠군. 다른 선생님들은 아직 안
왔어?"

아시프가 말했다.

"우리가 있잖아."

"처음도 아닌데 뭐."

아시프는 말하면서 자기 물건을 챙기러 갔다.

파바나는 경비실로 들어가 창고 열쇠를 찾았다. 경비실은
작았는데, 창문 옆에 테이블과 의자가 있고, 바닥에는 좁은
매트가 있다. 또 거친 책꽂이는 텅 비어 있었다. 안을 샅샅
이 뒤졌다. 심지어는 매트까지 들어 보았고, 책꽂이 아래까
지 살폈다.

열쇠가 없다.

안도해야 하는지 아니면 실망해야 하는지 가늠이 가질
않았다. 그때 수업 종소리가 났다. 파바나는 서둘러서 경비
실을 나왔다.

학생들을 쉽게 통제하려고 전교생을 식당으로 불렀다. 학

생들이 지금 이 학교의 선생님이 자신과 아시프 뿐이라는 것을 안다면 어떤 반응을 보일지 약간 두려워서였다.

"오늘 선생님들이 회의가 있어. 너희 부모님에게 보낼 가정통신문에 관해서 토론 중이야."

이 말은 효과가 있었다. 아이들은 각자 자율학습을 했다. 여학생들은 학교에서 예의가 발랐다. 그들은 학교에 오기까지 오래 기다려야 했고, 학교가 없는 삶이 얼마나 무의미하고, 힘겨운지를 잘 알고 있다.

아바는 이 반 저 반 옮겨 다니며 수업을 들었지만 아무도 괴롭히지는 않았다. 또 주방을 돕고, 뜰 청소, 밭 가꾸기 등과 같은 잡일을 하느라고 분주했다. 아바는 전보다 잘 지내는 것 같았다.

배드리아도 좋아지고 있다. 배드리아는 삼촌이 누구인지, 어디에 사는지는 완전히 함구 중이다.

"삼촌에게 새 아내가 생겨서 나랑 사는 걸 원치 않았어. 그래서 여기 오게 된 거야. 계속 물으면 아무 말도 안 할 테야."

그리고 배드리아는 그렇게 했다. 이런 질문을 받을 때마다 두 입술을 꽉 닫고는 입을 열지 않았다.

놀랍게도 마르얌이 배드리아를 옆구리에 바짝 끼고 데리

고 다녔다. 그들은 축제 이후로 종일 붙어 다니며 이 교실에서 저 교실로 배회하고 다녔다. 배드리아는 똑똑해서 빠르게 배웠다. 파바나는 배드리아가 앞을 못 본다는 사실을 거의 잊고 산다.

마르얌은 언제든지 말썽을 일으킬 소지가 다분했다. 그래서 파바나는 마르얌과 배드리아를 가까운 곳에 앉혔다. 마르얌이 시를 암송하기로 되어 있다. 배드리아는 마르얌이 암송하는 문장을 받아서 외웠다. 덕분에 둘은 그 시를 외울 수 있었다.

수업이 끝나고 학생들이 집으로 돌아가자, 안도감이 생겼다. 이제 주말이다. 파바나는 휴일이 기대되었다. 비록 단 하루도 완벽하게 쉬는 날 없이 항상 할 일이 생기곤 했지만 말이다.

"우리가 시를 암송했는데, 들어볼래?"

마르얌이 파바나의 생각에 끼어들면서 말했다.

"좋아."

파바나는 마르얌과 배드리아가 시를 낭송하면서 단어 리듬에 맞추어 춤을 추는 모습을 즐겁게 지켜보았다.

"와, 멋진데!"

파바나가 손뼉을 쳤다.

"그렇게 몸을 움직이는 건 어떻게 알았어?"

파바나가 배드리아에게 물었다.

"시를 암송하면서 계획을 짰어."

"엄마는 어디 갔어? 엄마한테도 보여줘야지. 시에 맞추어 춤을 춘다면 TV에 나가라고 허락할지도 모르잖아."

"아직 안 왔어."

파바나는 그제야 시간이 꽤 늦었음을 깨달았다.

"회의가 아직 안 끝났나 봐. 마르얌, 너 대학에 가게 될지도 몰라."

"난 할리우드에 가고 싶은데."

"나도 대학에 갈 수 있어?"

배드리아가 물었다.

파바나는 희망을 주고 싶었다.

"당연하지."

안될 것도 없지. 아프가니스탄은 멋진 일을 해낼 수 있는 나라야. 눈먼 여자아이를 대학에 보내는 것쯤은 별것도 아니라고.

"넌 뭐가 되고 싶어?"

파바나가 물었다.

"파일럿."

파바나는 고개를 숙였고, 배드리아와 마르얌이 웃음을 터트리며 복도를 깡충깡충 뛰어갈 때도 여전히 머릿속으로 답을 찾고 있었다.

파바나는 고개를 저었다.

"나중에 생각하지 뭐."

파바나는 일이나 해야겠다고 생각했고, 교장실을 청소하기로 했다. 책장의 먼지를 털어내고, 책상 아래를 쓰는 데, 거기에 먼지가 잔뜩 쌓인 엄마의 휴대폰이 나왔다.

파바나는 여기저기 버튼을 눌러보았다. 엄마는 노리아가 떠난 이후로 휴대폰 사용법을 알려주기로 약속해놓고, 까먹었는지 약속은 지켜지지 않았다.

순간 휴대폰에서 엄마의 목소리가 나오자, 파바나는 전화기를 거의 떨어뜨릴 뻔했다.

"여보세요? 파바나? 아무도 없니?"

"저예요, 엄마."

파바나는 소리를 질렀다. 그러다 엄마가 계속해서 말하고 있다는 걸 깨닫는 순간 말을 멈췄다.

"당연히 아무도 없겠지. 넌 수업 중일 테니까. 이곳 상황을 전혀 알 수 없다. 오늘 회의가 없단다. 그런데 아무도 이 상황에 대해서 모르는 것 같더구나. 지금 가게 주인한테 전화기를 빌려서 전화하는 중이다. 오늘 하루를 다 낭비하다니. 아마도 이 메시지는 나한테 남기게 되겠어."

그리고 전화가 뚝 끊겼다.

파바나는 어찌해야 할지를 몰라 전화를 흔들어보았다. 파바나는 엄마가 간 장소가 어디인지, 주소나 단체 이름, 전화번호 등 아무거라도 알아내려고 책상을 샅샅이 뒤지기 시작했다. 책상 위에는 정부 부서 전화번호부, 강의 계획서, 교사 양성 안내서, 빈 종이 등이 나왔다.

하지만 엄마가 어디로 갔는지에 대한 단서는 없었다.

"왜 아무것도 물어보지 않은 거지? 왜 엄마가 말하는 것에 더 집중하지 않은 거지?"

눈물이 났다.

다른 데는 다 찾아보았고, 맨 마지막 서랍만 남았다. 서랍을 열었다. 두툼한 파일이 하나 있었다. 파일을 책상에 올려서 펼쳐보았다.

편지들이다.

편지 하나하나가 다 위협하는 것들이다. 세어보니 17개였고, 모두 탈레반의 협박 편지였다.

파바나는 서서 편지 여러 개를 읽었다. 그러고는 파일을 닫아서 도로 있던 곳에 넣었다.

저녁 식사 시간에 파바나와 아시프는 테이블에 둘러앉아서 대화를 했고, 동생들 공부를 봐주었으며, 엄마의 빈 의자를 보지 않으려고 열심히 일했다.

나머지 저녁 시간 내내 파바나는 두 귀를 쫑긋 세우고 택시가 오는 소리가 들리는지에 신경을 곤두세웠다. 마음 같아서는 교문을 열어놓고, 길에 나가 택시의 헤드라이트를 기다리고 싶었지만 동생들이 눈치챌까 봐 그럴 수 없었다.

마침내 동생들이 잠이 들었다. 파바나는 학교 앞 좁고 더러운 길 중앙에 섰다. 저 멀리의 등불과 조리용 불에서 나오는 불빛이 보였고, 하늘엔 수많은 별이 반짝였다.

하지만 택시 불빛은 보이지 않았고, 엄마도 오지 않았다.

"익숙한 광경이네. 엄마를 기다리는 너를 지켜보는 것이."

아시프가 경비실 창문을 통해서 말했다.

파바나는 경비실 벽에 기대었다.

"나도 같은 생각을 하고 있었어. 난 계속 엄마를 잃어버려."

"어쩌지. 만약에……"

"회의가 길어지는 거야. 그게 다라고."

"긴 회의라면 그건 좋은 징조일 거야."

"그래. 진짜로 큰 대학을 짓는 문제일 거야."

"가서 자. 내가 기다릴 테니까."

아시프가 말했다.

하지만 파바나는 말을 듣지 않고, 경비실 벽에 등을 기댄 채 흙바닥에 앉았다.

파바나는 아시프가 한숨을 쉬며 창문에서 물러나는 소리를 들었다. 잠시 뒤 아시프는 담요를 건네며 파바나 옆에 앉았다. 아시프도 양쪽 어깨에 담요를 걸쳤다.

아시프는 노래를 부르기 시작했고, 파바나도 합류했다. 몇 년 전 둘이 벌판을 헤매고 다닐 때 부르던 노래였다. 그들은 두려움을 없애려고 목청을 높여서 노래를 불렀다.

한참 뒤 아시프는 몸을 웅크린 채로 잠이 들었고, 파바나는 별자리가 하늘에서 움직이다가 점점 사라지는 것을 지켜보면서 깨어 있었다.

파바나는 자신이 항상 안전하다고 믿은 적은 없었다. 삶은 언제나 싸움에서 싸움으로 이어졌고, 안전한 미래가 있다는 생각은 해본 적이 없다.

이제 환경이 조용해졌고, 삶이 정상으로 돌아간 것처럼

보이기 시작했을 때 엄마는 회의에 참석해서 제시간에 돌아오지 않고 있다.

21.
늙은 남편의 협박

엄마 없이 아침을 맞았다.

"아침에는 엄마가 와 있을 거라고 했잖아."

마르얌이 파바나와 아시프가 차가운 바닥에서 밤을 새우고, 식당으로 걸어들어오는 것을 보면서 투덜거렸다.

파바나는 의자에 일렬로 앉아서 두려움이 가득한 네 아이의 화난 모습을 바라보았다. 어린 하산도, 보지 못하는 배드리아도, 온 마음으로 파바나를 사랑하는 아바조차도 빤히 노려보는 대열에 껴 있었다.

파바나는 표정에 신경을 썼다. 아무리 상황이 힘들더라도 모두가 불안해하면 더 힘들어질 테니 말이다.

"너희 왜 거기 그렇게 앉아 있어? 아시프와 나는 춥고 배고픈데. 난로에 불을 피워서 따끈한 차와 아침을 먹자. 자! 빨리하자!"

파바나가 말했다.

파바나는 손뼉을 치며 그들을 독려했고, 아바를 돌아보며 잠시 꼭 안아주었다. 아바는 파바나에게 환하게 웃어주며 다른 아이들을 도우러 주방으로 들어갔다.

잠시 뒤 아이들은 식당에서 뜨거운 차와 삶은 달걀, 남은 난을 먹었다.

"엄마는 어디 갔어?"

마르얌이 꿀을 바른 난을 씹으며 물었다.

"음식을 입에 넣고 말하지 말라고 했잖아."

파바나가 말했다.

마르얌은 빵을 삼켰다.

"엄마한테 무슨 일이 생긴 거야?"

"엄마는 어젯밤에 돌아오지 않았고, 엄마가 오지 않은 건 다행이야."

파바나는 단호하게 말했다.

"너희 눈에는 학교가 엉망인 게 안 보이니? 온통 먼지 천지야. 빨랫감도 널려 있고, 주방도 지저분해. 자 오늘은 대청소나 하자고!"

파바나는 아이들에게 할 일을 지시하고는 서둘러서 떠밀다시피 내보냈다.

"너 노리아 누나 같아."

아시프가 놀려먹었다.

파바나는 빵 조각을 뜯어서 그에게 던졌다. 아시프는 그것을 도로 던지지 않는 은총을 베풀었다.

진실을 말하자면, 학교는 깨끗했다. 그래서 해가 막 지려고 할 즈음 파바나는 시킬 일이 떨어지고 말았다. 파바나는 자습할 것을 명했지만 아무도 공부는 하지 않았다. 아이들은 아무 말 없이 책을 앞에 두고는 두 귀를 쫑긋하고 엄마가 타고 오는 택시 소리가 들리기만을 고대하고 있었다.

밤이 되었고, 바람 한 점 없었기에, 모든 소리가 명확하게 들려왔다.

"엄마다!"

마르얌이 소리치자, 아이들은 열린 교문으로 달려갔다.

막상 가 보니, 양치기가 양 떼를 모는 중이었다.

다음번에 아이들이 들은 소리는 옆 마을로 향하는 멜론

을 가득 실은 픽업트럭이었다. 마르얌이 세 번째로 "누가 온다."라고 외쳤을 때 파바나는 그냥 앉아 있으라고 했다. 이렇게 우르르 교문으로 달려가는 것은 아무 도움이 되질 않는다고.

그때 경적이 울렸다. 아이들은 모두 벌떡 일어섰다.

하지만 엄마가 아니라 경찰이었다.

"도울 일이라도 있습니까?"

아시프가 물었다.

"여기 이 남자가 자기 아내가 사라졌다고 신고했는데, 아내가 이 학교에 있을 거라고 하던데."

경찰이 말했다.

"학교엔 우리 어린이만 있어요. 교장 선생님은 회의에 갔는데, 곧 오실 거예요. 내일 다시 오실래요?"

"아내는 분명히 여기 있어요. 집에 없는데, 달리 갈 데가 없다고요."

뒷좌석으로부터 목소리가 들렸고, 곧 그 남자가 나왔는데 무척 크고 나이가 많아 보였다.

파바나는 숨이 멎을 뻔했다. 바로 시장에서 만난 늙은 남자다.

"사연은 안타깝습니다만 여긴 없습니다. 맹세합니다. 제가 교문을 종일 지켰고, 아무도 오질 않았어요."

아시프가 말했다.

"이틀 전에 사라졌어. 이름이 킨나야."

늙은 남자가 말했다.

"여긴 없어요."

아시프가 확고하게 반복해서 말했다.

"절름발이 아이의 말을 믿으라는 거니? 탈레반한테 갔어야 했는데. 그들은 잘못 행동하는 아내들을 다루는 방법을 알고 있으니."

"그만 해요. 우리가 처리할 테니."

경찰이 말하며 아시프에게 몸을 돌렸다.

"들어가서 살펴봐야겠다."

"좋아요. 마음대로 하세요."

아시프는 교문 빗장을 더듬더듬 열며 시간을 끌어, 파바나와 아이들이 피신해서 깜깜한 데로 숨을 시간을 벌었다.

결국은 초조한 늙은 남자가 아시프를 바닥으로 밀치면서 교문을 확 잡아당겨 열었다. 파바나는 아시프가 넘어지는 소리를 들었다.

"이놈의 곳을 다 찢어버릴 테다!"

늙은 남자가 포효했다.

경찰과 늙은 남자는 학교 안을 빠르게 뒤지고 다녔다. 목발을 짚은 아시프는 그들을 숨 가쁘게 따라야 했다. 파바나는 늙은 남자가 아시프를 어떻게 할지도 모른다는 두려움에 휩싸였다. 그래서 조금 떨어져서 뒤쫓았다. 다행히 차도르를 쓰고 있어서 늙은 남자는 파바나를 알아보질 못했다.

"여자애들이 쓰는 방이 어디야. 그 앤 내 것이야. 걔 아버지가 빚을 탕감해주는 조건으로 내게 준 거라고. 그 애가 돌아오지 않는다면 탈레반한테 가서 어떻게 해서든 그 애 아버지를 고소할 거야."

늙은 남자가 빈 교실을 살피면서 말했다.

"네가 그 앨 숨겼니? 이제 네 여편네 삼았니? 이곳을 부숴버릴 테다!"

늙은 남자는 아시프를 향해 소리를 질렀다.

"여긴 우리밖에 없어요."

파바나가 앞으로 나서면서 말했다. 늙은 남자의 관심을 아시프에게서 돌려야 했다.

"넌 누구야? 네 애인 중 하나니?"

"누나예요. 엄마가 교장 선생님이고요."

"그럼 입을 다물도록 가르쳐야지. 재잘거리는 여자들이라니. 이것이 아프가니스탄의 현실이군그래."

늙은 남자는 파바나 뒤에 서 있는 아이들을 보았다. 그는 몇 발자국 걸어서 하산 옆으로 가서 두 팔로 아이를 걸어 안았다.

하산이 비명을 질렀다.

"내 아내는 아이를 데리고 있어. 여자아이지. 아내와 딸아이를 데려와. 그렇지 않으면 다시 와서 이 아이를 데려갈 테니. 남자아이 하나면 그 둘의 값어치 정도는 되겠군. 건강한 남자아이 한 명."

늙은 남자는 아시프를 비웃으며 덧붙였다.

"하지만 아저씨 아내는 여기 없어요!"

아시프가 하산을 잡으면서 말했다. 늙은 남자가 하산을 너무 꽉 잡는 바람에 아시프는 하산을 뺏을 수가 없었다.

"일주일이야! 그때 다시 오지."

늙은 남자는 하산을 바닥에 내려놓았다.

하산은 아시프에게 달려가서 아시프의 남은 다리에 얼굴을 파묻었다.

경찰 한 명이 운동장을 가로질러 플래시를 비추었다.

"저 뒤에 있는 창고는 뭐니?"

"아무것도 아니에요. 학교 물품들이에요. 그러니까, 청소 용품들이요. 빗자루, 이런 거요. 별건 아니고요."

경찰들이 이미 창고 쪽으로 향하고 있었다.

"열어."

그들이 파바나에게 명령했다.

"저는 열쇠가 어디 있는지 몰라요. 정말로 몰라요. 얼마 전에 그만둔 경비 아저씨가 갖고 있었는데, 그만두면서 열쇠를 가지고 갔어요."

"그 사람 이름이 뭔데? 어디 살아?"

"전……잘 몰라요."

파바나가 말했다.

경찰 한 명이 총을 꺼냈다.

"안 돼!"

아시프가 소리를 질렀고, 하산과 마르얌도 비명을 질렀다. 경찰은 파바나를 쏘는 대신에 자물쇠를 쏘았다.

경찰이 헛간에 불빛을 비추면서 들어갔다.

우린 모두 죽겠구나, 파바나는 생각했다.

잠시 뒤 경찰들이 나왔다.

"우리가 지켜보고 있다. 너희가 그 여자를 숨겼다는 게 발각되면 이 학교는 문을 닫을 줄 알아. 그리고 너희는 모두 체포될 줄도. 알아들었니?"

그들은 차를 몰고 사라졌다.

파바나는 식당에 가서, 랜턴을 들고는, 창고로 갔다. 한쪽 벽에 상자들이 말끔하게 쌓여 있다. 하나를 열어 보니, 연필이다. 파바나는 그 연필 상자를 바닥에 내려놓고, 아래 것을 열었다.

수류탄이다.

"파바나?"

밖에서 아시프가 불렀다.

"우리에게 문제가 생긴 것 같아."

"그래, 알아."

파바나는 창고에서 고개를 삐죽 내밀며 말했다.

"내 문제는 여기 안에 있어."

"내 문제는 여기 밖에 있어. 장담하건대, 내 문제가 더 심각할 거야."

아시프가 말했다.

그때 아기 우는 소리가 들렸다. 랜턴을 들어 올렸다. 화장실 뒤에서 시장에서 보았던 그 여자아이가 나왔다. 한 손에는 아기를 안고, 다른 손에는 휘발유 통을 들고서.

"날 여기 있게 해줘. 그렇지 않으면 불을 지를 거야. 난 죽는 게 두렵지 않아. 그 늙은이에게로 돌아가느니 차라리 죽는 게 나아."

아무도 움직이지 않았다. 파바나는 서서히 깊이 숨을 들이쉬었다.

"창고에 뭐가 있어?"

아시프가 물었다.

파바나는 고개를 저었다.

수류탄들이 기다리고 있다.

파바나는 겁먹은 여자아이와 아기를 다루는 법을 잘 알고 있다.

"안녕, 킨나. 내 이름은 파바나야. 당연히 넌 우리랑 있을 수 있지. 이곳이 네가 있을 곳이야. 걱정하지 마. 모든 것이 잘될 테니."

파바나는 부드럽고 조용하게 말했고, 여자아이의 얼굴에서 두려움이 사라졌다.

굶주리고 녹초가 된 여자아이는 휘발유 통을 내려놓았고, 아기를 파바나에게 건네었다. 도대체 엄마는 언제 오는 거야?

22.
복면 속 엄마

자동차 한 대가 끼익 급히 브레이크를 밟았다.

회전을 급하게 한 타이어에서 난 먼지가 경비실의 열린 창문으로 폴폴 날렸다. 아시프가 유심히 지켜보고 있었다.

복면한 엄마가 큰 총을 찬 남자들과 함께 차에 타고 있었다. 엄마는 마치 '쿵' 하고 발사되는 것처럼 차에서 튕겨 나와, 바닥에 세 번이나 구르고서야 멈추었다.

아시프는 두려워서 꼼짝할 수 없었다. 자동차는 떠났고, 이제 차 소리는 들리지 않았다. 아시프는 다리를 절면서 엄마가 있는 잡초더미로 갔다. 그는 그대로 서서 엄마를 바라만 보았고, 엄마는 움직임이 없었다.

파바나가 교문으로 달려 나왔다.

"차 소리를 들었어. 엄마가……"

파바나 시선이 아시프의 시선을 쫓았다.

그리고 파바나도 얼음이 되었다.

잠시 뒤 파바나는 몸을 움직여 엄마에게로 가서 머리에 덮인 천을 벗겼다. 파바나는 남자들이 엄마의 얼굴에 행한 잔혹함을 응시했다.

엄마의 옷에 쪽지가 꽂혀 있었다.

이 여잔 사악한 여자아이들을 양성하는 학교를 운영했다.

이제 이 여자는 죽었고, 학교는 문을 닫을 것이다.

23.
엄마 없는 하늘 아래

노리아 언니에게,

파바나는 엄마 책상에 앉아 있다.

며칠 내내 잠을 자지 못했다.

앞에는 노리아가 보낸 최근 편지가 놓여 있다.

미국의 기부자가 방학에 노리아가 집에 올 수 있게 비행기 표를 제공한다고 내용이 들어 있다. 그래서 노리아는 엄마에게 의견을 묻는 편지를 보내왔다.

노리아 언니에게,

엄마 대신에 내가 이 편지를 써. 왜냐하면……

파바나는 편지지를 움켜잡았다. 다시 쓰기 시작했다.

노리아 언니에게,

지금 당장 집으로 와줘. 멀리 있는 언니한테 말하고 싶지 않지만
전할 소식이 있어.

이것도 좋아 보이지는 않았다.

노리아 언니에게,

어제 해가 지기 전에 엄마를 학교 운동장에서 가장 아름다운 곳에
편히 쉬도록 묻었어.

이것 역시 쭉 그었다.

가족사진이 엄마 사무실에 있다. 찢겨서 몇 조각 사라진
아버지 사진, 지뢰가 터져서 죽은 큰 오빠 사진, 대학에서
신문방송학과를 졸업한 엄마 사진.

이들은 모두 죽었다. 죽은 아리 사진만 빠졌다.

난 죽지 않았어, 라고 생각했고, 다시 용기를 내었다.

노리아 언니에게,
엄마가 여자 대학 설립하는 일 때문에 눈코 뜰 새 없이 바빠서 나
보고 대신 편지를 쓰라고 했어. 엄마도 언니가 그립고, 무척 자랑스럽
대. 하지만 그냥 뉴욕에 있으래. 또 언니가 마르얌을 맡아서 돌볼 방
법이 있는지, 우리가 마르얌을 언니한테 보낼 방법이 있는지를 알아보
라고 하셨어. 마르얌은 나보다 훨씬 더 말썽을 일으키고 있거든.
파바나가.

파바나는 편지를 접다가, 다시 펜을 들어서, 추가로 더 적
었다.

추신: 나도 언니가 자랑스러워.

파바나는 편지를 봉했다.
마르얌마저 간다면 난 혼자 남겠네, 라는 생각이 들었다.
그 순간 아시프가 교장실로 절룩이며 왔다.
"창고 안을 살폈어. 파히르 아저씨 짓이야?"
"협박당한 것 같아."

아시프는 파바나 맞은편에 앉았다.

"저 무기들이 탈레반 거라고 생각하니?"

파바나는 어깨를 으쓱했다. 아프가니스탄에는 군대가 아주 많다. 외국 주둔군들, 탈레반, 수많은 사병.

"무기를 묻자. 화장실 옆에. 그리고 떠나자. 오늘 밤에 떠나서 가능한 한 멀리 가자. 내일 해가 뜨기 전에."

아시프가 말했다.

"어디로 가? 다시 걷기를 시작하자고? 그건 위험해."

"미군에 가는 건 어때? 우린 어린이야. 그들이 우리를 보호해줄지도 몰라."

파바나는 잠시 생각에 잠겼다. 그러고는 고개를 저었다.

"미군들이 우리를 도울 수도, 돕지 않을 수도 있지. 하지만 그들이 우리 사정을 다 들어줄 만큼 호의를 베풀 것 같진 않아. 설령 도움을 준다고 해도 킨나는 남편한테 돌아가야 할 거야."

"뭔가 하긴 해야 하잖아."

아시프가 말했다.

파바나는 아시프를 지나쳐서 복도로 나갔다. '업적의 벽'이 있는 곳이다.

퍼뜩 생각이 떠올랐다.

208

"경찰보다, 군대보다도 더 힘이 있는 사람한테 전화해야
겠어."

파바나는 엄마의 휴대폰을 집어 들었다.

"그게 누군데?"

아시프가 물었다.

"위라 아줌마."

24.
이 순간만큼은 침묵을 깨기로

그들이 다시 왔다.

파바나는 『제인 에어』를 다 읽었고, 다시 50페이지 정도 읽었다. 어려운 내용이었지만 다시 읽으니, 좀 쉬웠다.

소령이 자기가 읽던 『콘스탄트 가드너』를 파바나 옆 침대에 던졌다.

"군인의 목숨을 구해준 대가야."

그러면서 말하기 시작했다.

"시간이 좀 걸렸지. 우리의 통신 네트워크에 문제가 좀 있었어. 전기도 잘 끊기고. 하지만 마침내 우리는 그 근원을 찾았지. 이번 경우엔 학교 운동장에 폭발물이 매장되어 있었어. 왜 그것이 거기에 묻혀 있었니?"

파바나는 『콘스탄트 가드너』 표지에 집중했고, 이 남자가 저 책을 재미있게 읽었는지가 궁금해졌다.

"그 학교에서 뭘 하고 있었니?"

남자가 소리쳤다.

파바나는 남자가 옆에 와서 선 것을 느꼈다.

"좋아. 네가 말할 모든 기회를 주지. 네가 누구이고, 네 목적이 뭔지를 말할 기회 말이야. 내가 널 완전히 감금시킬 수 있다는 거 아니? 재판 없이 말이야. 아주 오랫동안 감금될 거라고!"

남자는 문으로 향했다.

"난 진실을 알려줬고, 선택은 네 몫이지."

남자는 문으로 중간쯤 가다가 다시 돌아왔다.

"정말 궁금해서 묻는데, 넌 분명히 교육을 받았어. 넌 우리 미국인들이 이곳 너희 국민을 위해 싸우고 죽으면서까지 주는 기회를 받았어. 이 모든 걸 가진 네가 파괴를 선택하다니, 왜 그런 거지?"

파바나는 결정했다. 이 순간만큼은 침묵을 깨기로.

파바나는 고개를 돌려서, 남자의 눈을 똑바로 바라보며

영어로 완벽히 말했다.

"나는 내 학교를 날려버리지 않았어. 내 학교를 날린 건 당신네라고!"

25.
학교는 닫힌 게 아니야

"위라 의원님 사무실인가요?"

파바나는 휴대폰에 대고 큰 소리로 말했다. 연결 상태가 좋지 않았고, 학교 위를 거침없이 질주하는 전투기도 방해가 되었다.

"의원님과 당장 통화하고 싶은데요. 제 이름은 파바나에요. 절 알고 계세요. 도움이 필요해서요. 저는 레이라의 희망 학교에 있어요. 엄마가 살해당했고, 다른 어른들은 모두 도망갔고, 탈레반이 우리를 쫓고 있어요. 여기 다른 어린이들도 몇 명 있는데, 어떻게 해야 할지 모르겠어요. 의원님의 도움이 필요해요."

몇 군데 전화를 한 뒤에 결국 위라 아줌마 의회 사무실 전화번호를 알아낸 파바나는 예의를 갖출만한 정신이 없었다. 파바나는 직원에게 전화번호와 학교 위치를 알려주고는 전화를 끊었다.

"어른들은 항상 회의만 해."

파바나는 짜증이 났다.

아시프가 문 안으로 고개를 빼꼼히 들이밀었다.

"통화했어?"

"메모를 남겼어."

파바나는 머리카락을 쓸어 넘겼다.

"아무래도 우리 힘으로 해야겠어."

"전에도 그랬잖아."

아시프는 책상 맞은편 의자에 앉았다.

"컨디션은 어때?"

"짜증이 나고 지쳤어. 끝이 없어 보여."

엄마를 묻은 지 3일이 지났다. 오늘은 평일이라 수업이 있는 날이지만 학생들은 아무도 나타나지 않았다. 분명히 소문이 돌았을 것이다.

적어도 모든 것이 정상이라는 척은 하지 않아도 되네, 파바나는 생각했다.

"우리는 학교를 계속 열지 못했어. 그들이 이겼어."

파바나가 말했다.

아시프는 아무 말도 하지 않았다.

"하지만 그동안 멋진 시간이었어, 그렇지 않니? 우린 여기에 뭔가를 시작했잖아. 푸른 계곡 같은 것. 푸른 계곡보다천 배는 더 좋은, 푸른 계곡도 파괴되었지만 말이야."

파바나가 말했다.

"무슨 말이야? 학교는 파괴되지 않았어."

"파괴된 거야. 엄마가 학교 문을 여는 한 우리가 이기고있는 거라고 했어. 그런데 결국 교문은 닫혔잖아."

"이런 바보 같으니."

아시프는 의자에서 일어나면서 말했다.

"넌 내가 본 애 중에서 가장 최고의 바보야."

아시프는 교장실을 나왔다.

"무슨 뜻이야? 난 바보가 아니라고!"

파바나는 벌떡 일어서서 아시프를 쫓아갔다.

아시프는 식당 문짝에 비스듬히 기대어 있었다. 파바나는아시프의 시선을 쫓았다.

아시프가 옳다.

자신이 바보다.

마르얌과 배드리아, 아바, 하산, 킨나와 그녀의 아기가 테이블에 앉아 있다. 모두 고개를 숙여 책을 보고 있다. 마르얌이 조용하게 배드리아에게 책을 읽어주고 있고, 배드리아는 그것을 반복해서 단어 하나하나를 되풀이하고 있다.

학교는 닫힌 게 아니다.

26.
턱수염을 기른 남자의 비밀

파바나는 사다리를 한 칸 한 칸 올랐다.

한 손에 쓰다 남은 페인트 통 손잡이를 들고는, 발을 한 발 한 발 정확히 디디면서 아주 신중하게 올랐다. 달빛이 밝아서 오르는 길을 보기에 충분했다.

미군의 폭격은 학교로 점점 더 가까이 다가오고 있었다. 매일 헬리콥터가 더 늘어났고, 낮게 뜬 제트기들이 크게 포효하며 비탈길에 폭격을 퍼부었다. 여러 미사일이 학교 바로 뒤 비탈길에 떨어졌다.

폭격은 거의 끊이지 않고 일어났다. 파바나는 누가 학교를 혹은 누군가를 폭격하는지, 아니면 학교가 폭격 목표 길에 그냥 있는 건지조차 알 수 없었다. 적어도 이것만은 알 수 있었다. 일부 사격수들의 실력이 미숙하거나 아니면 고의로 아이들을 겁주고는 있다는 것을.

파바나나 마르얌이 밭에 나가거나, 달걀을 가져오려고 닭장에 갈 때도 근처에 폭격이 있곤 했고, 총알이 그들 뒷벽으로 날아오기도 했다.

"어쩌면 저들이 여기가 학교인 줄 모를 수 있어."

아시프가 말했다.

그러자 마르얌이 학교 지붕에 'SCHOOL'이라고 영어로 크게 써 놓으면 미군 사격수들이 이곳이 학교인지 알고 조준을 딴 데로 할 거라는 의견을 내었다.

사다리를 오르면서 파바나는 무서웠다.

지붕에 다 오르는 순간 완전한 공포가 찾아왔다. 학교라는 영어 스펠이 기억나질 않았다. h가 있었든가 없었든가? 아마 없었던 것 같다. h가 들어간다는 건 말도 안 된다. 하지만 h를 본 것 같은데.

파바나는 s를 크고 넓게 만들고는 다음에 c를 그렸다.

그러고는 앉았다. 다음이 기억나질 않는다.

사격수 중에 영어 선생님이 있다면 어떻게 하지? 사격수가 이렇게 단순한 단어 스펠도 모르니, 학교로서 자격이 없다고 파괴해야 한다고 생각한다거나, 이곳이 진정으로 탈레반의 본거지인데, 학교로 위장하려 한다고 생각하면 어쩌지?

그때 속삭임이 들렸다.

"s-c-h-o-o-l"

배드리아가 사다리 꼭대기에 있었다.

"너 미쳤어? 어서 내려가!"

"아시프 오빠가 언니가 스펠을 까먹었을지도 모른다고 했어. 그래서 나한테 알려줬어."

배드리아가 말했다.

"아시프한테 가서 말해. 난 1년 내내 걔를 앞질렀다고! 어서 내려가. 조심해서."

파바나는 속삭이듯 대꾸했다.

배드리아는 깔깔 웃으면서 사다리를 내려갔다.

위라 아줌마 사무실에 메시지를 남긴 지 3일이나 지났고, 기다리는 것이 시간 낭비라는 확신이 들었다.

도움은 없었다. 그들을 구하러 아무도 오지 않았다. 그들은 스스로 살 방법을 찾아야 했다. 식량을 점검해 봤는데,

저장실에 있는 것으로 한동안은 버틸 수 있을 것 같았다. 외국 자선단체에서 설치해준 펌프 덕분에 물 공급도 원활했다. 또 어느 정도 보호가 될 수 있는 높고 두툼한 담도 있었다.

하지만 파바나는 로켓 하나면, 수류탄 하나면, 폭탄 하나면, 총을 든 비열한 남자 하나면 끝장이란 걸 잘 알고 있다. 식량도, 물도, 담도, 아무 소용이 없을 것이다.

떠나야만 한다.

하지만 어디로 간단 말인가?

안전한 곳을 찾을 때까지는 여기가 더 안전하다. 파바나는 전처럼 배고픈 아이들을 데리고 들판을 배회하고 다니게 될 것이 걱정되었다.

파바나는 글자를 쓰는 데 집중했고, 작업을 잘 마쳤다.

주변은 고요했다. 사격수들도 자러 갔나 보다. 지붕에 올라오니, 별들과 더 가까워진 느낌이 들어, 내려가기 전에 잠시 앉아 있기로 했다. 잠시라도 혼자 있고 싶었고, 엄마를 추억하고 싶었다.

엄마가 날 더 좋아했으면 얼마나 좋았을까? 나도 엄마를 힘들게 하지 않았으면 얼마나 좋았을까?

둘은 늘 다툼이 있었다. 좋은 시절, 학교 다니던 시절, 멋진 집에 살 적에도 그랬다. 어려운 시기에도, 카불의 방 한 칸에 살 때도 그랬다. 난민촌에서도 파바나가 고분고분하지 않다고 다퉜다. 또 그렇게 힘들게 일해서, 드디어 꿈속 같은 생활을 하던 이 학교에서도.

하지만 난 엄마를 사랑했어. 엄마도 날 사랑했을까?

엄마는 레이라를 잃고 슬픔에 잠긴 파바나를 돌봐주었다. 그리고 엄마는 파바나가 학교 축제에서 수업을 잘 이끌었다고 칭찬도 해주었다.

당연히 엄마도 날 사랑했을 거야.

하지만 항상 날 맘에 들어 한 건 아니었지.

이런 생각이 들자, 파바나는 진정으로 엄마를 좋아하지 않았다는 생각이 들었다. 어쨌든 항상은 아니었다. 하지만 엄마를 많이 사랑했었다. 그리고 지금 엄마가 몹시 그립다.

파바나는 생각에 너무 몰입한 나머지 누군가가 서서히 학교를 향해서 다가오는 것을 눈치채지 못했다. 깜깜한 어둠 속에서 마치 동물 소리 같기도, 종소리 같기도 한 것이 학교로 접근해 왔다.

어느 순간 파바나는 지붕에 납작 엎드렸다. 정체 모를 것이 밤으로부터 걸어 나와, 학교 교문 앞에 선 것이다.

행상인으로, 짐마차를 탄 턱수염을 기른 마른 남자였다.

짐마차에는 짐이 잔뜩 실려 있었다. 냄비와 주전자가 아래에 매달려 있었는데, 거기서 나는 덜거덕 소리가 종소리처럼 들린 것이다. 늙고 지쳐 보이는 말이 바닥에 코를 킁킁거렸다.

행상인은 마차에서 내려서 교문을 쿵쿵 두드렸다.

파바나는 급히 사다리를 내려와서 운동을 가로질러서 아시프가 있는 경비실로 뛰었다.

"이 밤에 물건을 팔러 왔다는 게 이상해."

파바나가 속삭였다.

"아마도 길을 잃고 밤에 쉴 곳이 필요했나 보지."

"속임수일지도 모르잖아."

"탈레반이 우리한테 왜 속임수를 쓰겠어. 그냥 날려버리면 되지. 미군들도 마찬가지고."

아시프는 교문을 열었다. 파바나는 남자가 길을 잃어서 지쳤고, 말에게 물을 좀 먹일 수 있는지, 도둑을 피해 하룻밤 신세를 질 수 있는지를 묻는 소리를 들었다.

아시프는 파바나한테는 물어보지도 않고 그를 들였다.

마차를 탄 남자는 말의 고삐를 세게 잡아당기며 운동장으로 들어왔고, 분주하게 마차에서 내렸다. 키가 작았다. 아바가 물 한 동이를 말에게 가져다주었다.

말이 물을 먹는 동안 남자는 아이들을 하나하나 천천히 살폈다.

수류탄 하나를 쥐고 있었어야 했는데, 라고 생각하며 파바나는 근처에 있는 몽둥이나 삽을 찾으려고 두 눈을 양쪽으로 바삐 움직였다.

마침내 남자가 파바나 앞에 섰다. 남자는 똑바로 파바나의 두 눈을 바라보았다.

두 사람 키가 거의 비슷하다.

"여긴 정확하게 에펠탑은 아니네, 그렇지?"

파바나는 남자가 하는 말을 이해할 수 없었다.

그러다 순간, 갑자기 무슨 말인지 알아들었다.

파바나는 다가가서 남자의 턱수염을 잡고는 당겼다.

수염이 벗겨졌다.

그 밑엔 자신의 오랜 친구, 샤우지아의 얼굴이 있었다.

"위라 아줌마가 날 보냈어. 어떻게 도와줄까?"

27.
마지막 남은 희망

할 말이 너무 많아서 다 할 수 없었고, 그 많은 말을 다할 시간도 없었다.

"30킬로미터쯤 떨어진 마을에 안전한 집이 있어. 거기서 하루나 이틀 보내고, 다음 장소로 옮기자. 그 지역을 벗어나려면 시간이 좀 걸릴 거야. 하지만 우린 해낼 수 있어. 걱정하지 마."

샤우지아가 말했다.

"우리가 누구야?"

파바나가 물었다.

"위라 아줌마를 돕는 사람들. 카불에서 아줌마랑 일해 봤잖아."

샤우지아가 히죽 웃었다.

"하지만……"

파바나는 자신 앞에 놓인 상황을 이해하는 데, 애를 먹고 있었다.

"넌 프랑스에 있어야 하잖아."

"프랑스? 얘가 네가 항상 편지를 쓰던 개야? 만들어낸 인물인 줄 알았는데."

아시프는 샤우지아를 바라보았다.

"나한테 편지를 썼다고?"

샤우지아가 물었다.

"아시프한테 신경 쓰지 마. 동굴에서 발견했는데, 엄청 무례해. 왜 프랑스엔 안 갔어?"

"파키스탄까지밖에 못 갔어. 거기서 위라 아줌마를 만났는데, 아줌마의 잡무에 습격당했지. 어땠을지 알 거야."

당연히 안다. 위라 아줌마는 일거리의 연속이니까.

"지금은 단체 일을 하고 있어. 나쁜 남편들과 나쁜 아버지로부터 도망친 여자들을 구해서 쉼터로 보내는 일을 하지. 네 엄마 일은 유감이야."

샤우지아는 마르얌을 보았다.

"넌 많이 컸구나."

다음은 하산을 바라보았다.

"얘가 알리니?"

"하산이야. 이 애도 내가 찾았어. 알리는 살아남지 못했어."

"아버지는?"

파바나는 고개를 저었다.

"넌 아버지를 참 좋아했는데."

샤우지아는 주제를 바꿨다.

"나는 너희를 여기서 몰래 빼낼 거야."

"우리를 몰래 빼낸다고? 참 위험한 소리네."

마르얌이 물었다.

"사는 게 위험 그 자체지. 하지만 우리는 모두 용감하잖니."

샤우지아가 말했다.

파바나는 해결하지 못할 문제가 없다는 듯 확신에 찬 젊은 여성이 된 오랜 친구를 바라보며 예전의 앳된 모습을 찾아보려고 애썼다. 상대적으로 자신은 서툴다는 느낌이 들었다.

파바나는 난 이제 지쳤어, 라는 상념에 잠겼고, 샤우지아는 아버지나 남자 형제들한테 매 맞은 소녀를 어떻게 구했는지를 얘기하고 있었다. 샤우지아의 맨 마지막 이야기는 계곡 위로 낮게 날아오는 전투기의 포효 소리에 끊겼다.

"저 무례한 것들! 난 저 무례한 미국 군대를 참을 수 없어. 지금은 한밤중이야. 아기들이 잠을 자야 하는 시간이란 말이야."

샤우지아가 말했다.

잠시 뒤 폭발 소리가 들렸다. 근처도 아니고 저 멀리도 아니었다.

"이 말도 안 되는 상황을 우리가 이용하자고. 떠날 준비는 금방 되지?"

대략 음식과 물, 담요를 쌌고, 마차에 타기 전에 엄마의 무덤에 가서 잠시 기도를 올렸다.

"모두 방수포 아래로 들어가. 한동안은 덜컹덜컹하겠지만 계곡과 비탈길을 벗어나면 훨씬 편해질 거야."

샤우지아가 말했다.

그들은 윙윙거리는 제트기들 아래에서 컴컴한 어둠을 뚫고, 천천히 교문 밖으로 길을 따라 내려가며 마을로부터 멀어졌다. 냄비와 주전자는 그대로 묶여 있었다.

파바나는 담요를 뒤집어쓰고, 맨 앞에 앉아서 앞의 상황을 주시했다. 파바나 뒤 가짜 짐 더미에는 나머지 아이들이 조용히 앉아 있다. 시끄러운 전투기 소리가 났지만 잔잔한 말발굽 리듬에 뒤의 아이들은 잠이 들었다. 다행히 그들은 무사히 계곡을 빠져나왔다.

"학교의 마지막 모습을 보고 싶지?"

샤우지아는 언덕과 언덕 사이를 통해서 학교가 보이도록 마차를 돌렸다. 하늘은 점점 밝아오고 있었다. 높은 곳에서 내려다보니, 학교 검은색 지붕에 하얀색 페인트로 써 놓은 'SCHOOL'이 한눈에 들어왔다.

아이들은 담요를 벗고는 내려다보았다.

낮게 나는 제트기의 날카로운 소리가 뒤에서 계속해서 들려왔다.

파바나는 슬로우모션을 보는 것 같았다. 학교 위로 낮게 날던 전투기로부터 마치 똥을 싸는 것처럼 폭탄이 떨어졌고, 학교 벽이 거대한 꽃처럼 폭발했다.

먼지구름이 밀려오자, 샤우지아는 아무 말 없이 마차를 돌려서 가던 방향으로 향했다.

파바나는 침착하게 마르얌의 손을 잡았고, 한쪽 팔로는 아바를 감쌌다. 희미한 아침 여명을 통해서 아시프의 참담

한 모습이 보였다. 아무 말도 생각이 나질 않았다.

그들은 그날 내내 이동했다. 샤우지아가 마차를 특징 없는 벽으로 둘러싸인 문 앞에 세웠을 때는 다시 밤이었다.

샤우지아는 마차에서 내려서 문을 두드리며 말했다.

"위라 여사님이 보내서 왔어요."

문이 열렸고, 아이들은 마차에서 내려서 안으로 들어가, 정원과 그네를 가로질러 집 안으로 들어갔다.

여자들이 샤우지아를 반기며 안았다. 집은 따뜻했고, 밝았으며, 좋은 음식 냄새가 났다.

파바나는 차를 한 잔 받아서 매트리스에 앉았다. 이곳 여자들은 친절하고 조용했다. 웃음소리도 들렸고, 잘 준비를 하면서 나누는 얘기도 들렸다.

아시프는 벽에 목발을 기대어놓고, 파바나 옆 매트리스에 앉았다.

"네 친구가 맘에 들어."

아시프가 말했다.

"말했잖아. 진짜라고."

샤우지아는 앉지 않고, 주위를 활보하며 그곳 여자들과 얘기하며 어린아이들을 도왔다. 친구는 밝고 명랑하고 편해 보였다.

파바나는 상실감을 느꼈다. 엄마가 없는 상실감, 직업이 없는 상실감, 학교가 없는 상실감. 심지어 친구조차도 없다는 상실감을.

비록 샤우지아가 바로 옆에 있긴 하더라도 자신이 이제껏 대화한 건 머릿속 샤우지아였고, 라벤더 들판에 앉아 있고, 에펠탑 여행을 계획하는 노트 속의 샤우지아였다.

그 샤우지아는 존재하지 않았고, 지금 파바나는 아무도 얘기할 사람이 없는 것 같은 느낌이 들었다. 순간 파바나는 벌떡 일어섰다. 그 바람에 아시프의 다리에 조금 남은 차를 쏟고 말았다.

"야!"

파바나는 샤우지아에게로 가서 여자들과 얘기하는 친구를 잡아끌고는 조용한 뜰로 나갔다.

"놓고 온 것이 있어. 돌아가야겠어."

파바나가 말했다.

"뭐라고? 무슨 말을 하는 거야?"

"돌아가야만 한다고."

"왜?"

"아버지를 놓고 왔어."

"아버지를?"

"아버지의 가방. 아버지 숄더백을 놓고 왔어. 그건 아버지의 유품이야. 돌아가야만 해."

샤우지아는 파바나의 팔을 잡았다.

"안 돼! 아무것도 남아 있지 않다고. 폭파되었잖아. 기억 안 나?"

"가방은 그대로 있을지 모르잖아. 전에도 파편 더미를 뒤져서 좋은 것을 찾은 적이 있어. 하산도 그렇게 찾은 거야."

파바나는 샤우지아 손을 뿌리쳤지만 그녀는 쉽게 손을 놓지 않았다.

"미군이 학교를 폭파했어. 그들이 실수했을 수도 있고, 계획의 일부였을 수도 있어. 어떻든 간에 그들이 학교 근처에 떼 지어 있을 거라고. 그들이 거기에 없다고 해도 탈레반이 있을 거야. 아니면 다른 멍청한 군대가 있든가. 거기에 누가 있든 그들이 널 좋아하진 않을 거라고!"

"나는 아프가니스탄에서 나고 자랐어. 나 자신을 돌보는 방법 정도는 알고 있어."

파바나가 말했다.

"내일 아침까지 기다려보자. 그때도 이런 기분인지."

"아니. 지금 당장 떠나야 해."

파바나는 내일 아침까지 기다린다면 스스로 자신을 타이

르리라는 것을 알고 있다. 이것은 바보 같은 짓이니까. 하지만 그래야만 한다.

샤우지아는 파바나에게 안 된다고 말하고 싶은 표정을 지었다. 하지만 나오는 말은 달랐다.

"잠깐만 기다려 봐."

파바나는 뜰에 서서 창문 안을 바라보았다. 하산이 아시프 무릎에 잠들어 있다. 킨나는 아기를 요람에 눕혔다. 마르얌과 배드리아는 춤을 추고 있었다. 이곳 여자가 아바의 머리를 빗기고 있었다. 모두 괜찮다.

자신에게 무슨 일이 일어난다 해도 적어도 자신은 할 일을 해놓았다. 모두 안전하지 않은가.

그때 샤우지아가 담요와 먹을 것을 잔뜩 싸 들고 돌아왔다.

"돌아가는 길을 찾기는 어렵지 않을 거야."

샤우지아는 가는 길을 알려주었다."

"이곳 정보는 없는 게 좋아. 어떤 군대에도 이곳이 노출되는 것을 원치 않거든."

샤우지아는 파바나에게 음식을 건넸다.

"난 함께 갈 수 없어. 다른 아이들의 안전을 책임져야 하니까. 아무한테도 말하면 안 돼. 만약 붙잡힌다 해도 아무 말도 하면 안 돼. 무조건 묵비권을 행사해. 네가 무슨 말이든 하기만 하면 그들은 달려들어서 상황을 악화시키고, 널 곤경에 몰아넣을 거야. 우리가 움직일 기회를 줘."

샤우지아가 계속해서 말했다.

"더 좋은 것은 붙잡히지 마. 다시 내가 널 찾아낼 테니. 일을 마치면 다시 이리로 와. 누군가가 내가 있는 곳을 알려 줄 거야."

파바나는 친구와 빠르게 포옹하고는, 다시 길을 떠났다. 창문 안을 돌아보지 않았고, 작별 인사도 하지 않았다.

파바나는 밤새도록 걸었고, 다음날 낮에는 숨어 있었다. 그러다 밤이 되어 다시 걷기 시작했다.

두 번째 밤이 지나고 새벽녘쯤에 학교에 도착했다. 학교가 폭파되었다는 것을 알고는 있었지만 눈으로 직접 폐허가 된 모습을 보니, 충격이었다.

학교 주변에는 아무도 없었다. 파바나는 벽이 있었던 곳으로 들어갔다. 깨어진 컵들을 집어 들었다가 다시 떨어뜨렸다. 의자들을 일렬로 세웠고, 부서진 칠판을 바로 세웠다. 자물쇠 파편들이 창고였던 곳에서 멀지 않은 곳에 흩뿌려져 있었다. 파바나는 파편 더미를 파헤쳐 어렵지 않게 아버지 숄더백을 찾았다.

그나마 가방은 손상되지 않은 채 그대로였다.

가방을 열어서 『앵무새 죽이기』 책을 꺼냈다. 아버지의 남은 마지막 책이다. 파바나와 아시프, 하산이 배회하고 다니면서 배고플 때 뜯어먹던 책이었다.

"그래야 한다면 널 다시 먹을 수 있을 거야."

파바나는 숄더백을 어깨에 가로질러 메고는 떠나려고 했다. 그때 발가락이 부서진 학교 간판에 닿았고, 그 순간 글자가 모두 무너져 내렸다. '레이라의 희망 학교'라는 글자는 모두 쓰레기가 되었고, '희망'이라는 단어만 살아남았다. 파바나는 그것을 집어 들어, 높은 파편 더미 위에 올려놓고는, 먼지를 털어냈다.

단어의 구석구석과 틈 사이사이의 먼지를 깨끗이 털어내고 있는데, 미군 트럭이 나타났다.

군인들이 내렸고, 파바나는 진짜 마지막으로 학교를 떠났다.

28.
해피엔딩이라도?

"마지막으로 할 말은?"

소령이 물었다.

그들은 태양이 환하게 비치는 밖으로 나갔다. 파바나 발목엔 족쇄가, 허리에는 쇠사슬이, 손목에는 수갑에 채워져 있었다.

"넌 카불의 감옥으로 이송될 거야. 난 널 보호하려고 노력했지만 기회는 네가 날려버렸어. 넌 우리에게 말할 수 있었는데, 그런 선택을 하지 않았어. 네가 숨기는 게 무엇인지는 알 수 없지만 그것이 진정한 가치가 있었으면 좋겠다."

소령이 말했다.

파바나는 억지로 결혼한 킨나 생각을 했다. 이제는 비열한 늙은 남자한테 강제로 강간당하지 않을 것이다. 아바는 자신을 인정해주는 사람들과 함께 있을 것이다. 배드리아는 샤우지아 친구들이 그 아이가 얼마나 영리한지를 알아볼 수 있는 선생님을 찾아줄 것이다. 그리고 마르얌은 원하는 노래를 할 방법을 찾게 될 것이다. 하산은 여성에게 친절한 어른으로 자라날 것이고, 아시프는 폭파하고 고함치고 때리며 남들에게 고통을 주는 여느 남자들보다는 더 행실이 좋은 남자가 될 것이다.

마지막으로 샤우지아 생각을 했다. 샤우지아는 다른 삶을 원하는 여성들에게 진정한 자유를 가져다주는 일을 할 것이다.

"그럼요. 그럴 가치가 있어요."

파바나는 대답하고는 웃었다.

울고 싶지 않았다.

그런데 그때 무슨 소리가 들렸다.

요란하게 울리는 자동차 경적 소리였다. 자동차는 가까이 오더니, 파바나 바로 옆에 멈추어 섰다. 파바나는 다리 뒤쪽에서 자동차의 후끈한 열기를 느꼈다.

"당신이 이 애를 즉결 처리하는 건가요?"

우렁차고 으스대는 목소리가 파바나의 고막에 새의 노래처럼 들려왔다.

"그 총부리 내 얼굴에서 치워. 당신네는 연약한 아프간의 아이를, 그것도 그 아이 나라에서 이런 식으로 처리하겠다는 거야? 지금 정권에서 감히 이런 식으로 처리하겠다고? 당장 그 아이를 풀어줘!"

파바나 앞에 아름답고 격노한 의원 위라 아줌마의 얼굴이 나타났다.

"나는 아프가니스탄 의회를 대표해. 내겐 이 아이를 풀어주고, 지금 당장 내 보호로 넘기라는 대통령의 편지가 있어. 명령에 복종하기 전에 조금이라도 주저한다면 국경없는의사회, 국제인권감시기구, 국제연합아동기구, 미국자유인권협회, 그리고 전 세계 모든 TV 방송에 맹렬히 당신을 힐책할 거요."

소령은 반론을 제시하려고 했으나 위라 아줌마는 그의 얼굴 앞으로 가서는 계속해서 큰소리를 질러댔고, 결국 그는 파바나를 풀어주라는 명령을 내릴 수밖에 없었다.

위라 아줌마는 파바나의 손을 꽉 잡았다. 위라 아줌마로부터 파바나를 떼어놓을 방법은 없었다.

"밴에 타라."

아줌마가 명령했다.

파바나는 정부 밴에 올라탔고, 아줌마도 옆 좌석에 탔다.
문이 쾅 하고 닫혔고, 차는 출발했다.

그들은 쓰레기통을 지나쳤다.

"잠깐만요."

파바나가 소리쳤다.

밴이 멈추어 섰다. 파바나는 얼른 차에서 내려서 쓰레기
더미 맨 위에 있던 아버지의 숄더백을 움켜잡고는, 다시 밴
에 올라탔다. 밴은 속도를 내어서 기지에서 멀어져갔다.

"나이가 든다고 말썽을 덜 부리지는 않는 것 같구나."

"아무것도 말하지 않았어요."

"물론 그랬겠지. 네가 그들보다 훨씬 더 강하니까. 그 군
복 벗어버리는 건 어떠니? 뒷좌석 담요 아래에 필요한 게
있을 거야."

파바나는 몸을 돌려서 담요를 들었다. 거기엔 샤우지아의
웃는 얼굴이 있었다.

"우리에겐 아직 할 일이 남았잖아. 괜찮니?"

"상상 이상으로."

파바나는 그들이 어떻게 자신을 찾았는지 알 수는 없었

지만, 지금 당장 알 필요는 없었다.

"이제 어쩔 거니?"

위라 아줌마가 물었다.

"음, 전 프랑스로 갈 준비가 되었어요. 충분한 모험도 했으니까요. 넌 어때, 파바나? 프랑스로 갈까? 에펠탑에 올라가야지?"

샤우지아가 말했다.

"응. 그게 바로 내가 원하는 거야."

"그러자. 떠나자고."

샤우지아가 말했다.

파바나는 몸을 뒤로 젖히고 앉아서 창가로 돌과 먼지, 가난, 들판, 열심히 일하는 사람들이 스치는 모습을 바라보았다. 아프간 사람들은 그저 살아남기만을 바란다. 너무 많이 다치지 않고, 웃을 수 있기만을.

프랑스는 조용하고 깨끗하고 평화로운 곳이다. 프랑스어를 배울 수 있고, 원하는 데는 어디든지 갈 수 있고, 미래도 마음대로 건설할 수 있다.

좋은 삶이 될 것이다. 누구나가 부러워하는 삶.

파바나는 그것으로 충분한지 의문이 생겼다.

"하지만 우선 여자아이들을 좀 더 구하면 어떨까? 이미 그 일을 어떻게 하는지 알고 있잖아."

파바나가 말했다.

"그럼 좀 더 구할 수 있지. 프랑스는 아무데도 가진 않을
테니까."

샤우지아가 말했다.

"거기 바닥 상자에 접어야 할 팸플릿이 있어. 차를 타고
가는 동안 작은 일거리 정도야 상관없잖니."

위라 아줌마가 말했다.

샤우지아는 팸플릿을 꺼내 한 더미를 파바나에게 건넸다.

"그럼 같은 일이 더 반복되겠네. 그러니까 더 배고플 거
고, 더 두려울 거고, 더 일이 많아지겠다고.

파바나가 말했다.

"아프가니스탄이잖아. 뭘 바란 거야? 혹시 해피엔딩이라
도?"

샤우지아가 말했다.

탈레반, 그 이후

1996년, 아프가니스탄을 점령한 탈레반이 그곳 여성과 여자아이들에게 행한 잔혹한 행위를 듣고 나는 이 일에 가담하기로 했습니다. 그것의 시작이 파바나와 샤우지아의 이야기를 다룬 브레드위너 3부작 『카불시장의 남장 소녀들』 『위험한 여정』 『라벤더 들판의 꿈』이었습니다.

그 이후로 독자들은 가족을 만난 파바나와 꿈을 찾아 떠난 샤우지아가 어떻게 되었는지가 궁금했습니다. 나 자신도 그들이 여전히 계속되고 있는 전쟁 속 아프가니스탄에서 어떻게 지낼지가 궁금했습니다.

아프간을 점령한 탈레반은 2001년 9·11테러를 일으킨 알카에다를 지원하고 있었고, 그 보복으로 미국은 연합군을 결성해서 아프가니스탄을 침공했습니다. 탈레반은 패배했고, 파키스탄을 비롯해 여러 각국으로 흩어진 탈레반은 그곳에서도 잔혹한 행위를 일삼고 있습니다.

2005년 말, 아프가니스탄은 헌법이 개정되어 새 대통령과 의원들이 선출되었습니다. 하지만 싸움은 계속되었습니다. 복귀를 꿈꾸는 탈레반은 아프간 정부와 주둔한 여러 외국 군대와 대치 상태입니다. 탈레반 권력층은 정권을 다시 잡으려고 기회를 호시탐탐 노리고 있습니다. 아프간의 재건을 위해서 많은 돈이 들어왔지만, 불행히도 그 중 상당수가 전쟁이나 비리에 이용되었습니다.

아프간 사람들은 이런 어려움 속에서도 나라와 개인의 삶을 재건하려고 애쓰고 있습니다. 전쟁을 치르는 동안 그들은 다른 나라 사람들이 당연히 누린 기본적인 것을 누리지 못했습니다. 학교와 책, 분필, 펜, 훈련된 교사 등은 여전히 부족한 상태입니다. 여전히 아프간 아이들의 절반이 학교 근처에도 가보지 못한 실정이고, 아직도 비공식 난민촌에서 물 부족과 전기 공급 없이 사는 사람이 많습니다.

특히 여성과 어린이의 상황은 더욱 심각합니다. 그들의

일상의 삶은 자살폭탄테러로 위협받고 있습니다.

아프간 여성들에게 행해지는 폭력은 가난과 오랜 전쟁으로 인한 불안정, 여성은 남성의 재산으로, 침묵하며 복종해야 한다는 관습에서 비롯합니다. 비록 강요된 결혼과 강요된 출산이 법으로 금지되긴 했어도, 거의 시행되고 있진 않습니다. 여성의 권익 옹호 투쟁은 계속되고 있지만 여전히 여학교는 파괴되고, 여성 활동가들은 살해위협에 무방비로 노출되어 있습니다.

요즘엔 미국을 포함한 일부 나라가 아프간에서 군대를 철수하고 있지만 전쟁은 계속되고, 누가 승자가 될지 알 수 없는 상황입니다.

아프간 사람들의 삶은 계속되어야만 합니다. 지금 파바나와 샤우지아, 위리 아줌마와 같은 개개인은 아프간 여성들의 더 나은 삶을 고군분투하고 있습니다. 이 세상이 이들을 지원해야 합니다. 우리는 그럴 의무가 있습니다.

옮긴이 • 권혁정

영어영문학을 전공했고, 학교에서 아이들을 가르쳤다. 지금은 출판 일을 하며 틈틈이 번역 일을 하고 있다. 옮긴 책으로는 『책벌레 만들기』『까칠한 girl의 가출 이야기』『헤티, 월스트리트의 마녀』『레이첼 카슨』『오프라 윈프리』『제인구달』『헨리 데이비드 소로』『우주전쟁』『어느 날 갑자기 생긴 일』 외 다수가 있다.

브레드위너, 피날레 이야기

소녀 파수꾼

첫판 1쇄 인쇄 2017년 09월 01일

첫판 1쇄 발행 2017년 09월 15일

지은이 데보라 엘리스 | 옮긴이 권혁정

디자인(본문,표지) 빈집 binjib.com

발행인 권혁정 | 펴낸곳 나무처럼

주소 고양시 일산동구 강촌로26번길 49, 3층

전화 031) 903-7220 | 팩스 031) 903-7230

E-mail nspub@naver.com

ISBN 978-89-92877-43-5 (44840)

　　　 978-89-92877-39-8(세트)

＊책값은 뒤표지에 있습니다.

ⓒ 나무처럼 2017 NamuBooks

한국출판문화산업진흥원의 출판콘텐츠 창작자금을 지원받아 제작되었습니다.

「이 도서의 국립중앙도서관 출판예정도서목록(CIP)은 서지정보유통지원시스템 홈페이지(http://seoji.nl.go.kr)와 국가자료공동목록시스템(http://www.nl.go.kr/kolisnet)에서 이용하실 수 있습니다.(CIP제어번호: CIP2017014764)」